国家出版基金项目
NATIONAL PUBLICATION FOUNDATION

这里是新疆丛书

夏子街传

杨春 ◎ 著

新疆文化出版社

图书在版编目（CIP）数据

夏子街传 / 杨春著. — 乌鲁木齐：新疆文化出版
社，2024.6
（这里是新疆丛书）
ISBN 978-7-5694-4332-5

Ⅰ.①夏… Ⅱ.①杨… Ⅲ.①散文集—中国—当代
Ⅳ.①I267

中国国家版本馆CIP数据核字（2024）第015014号

夏子街传

XIAZIJIE ZHUAN

著 者 / 杨 春

出 品 人	沈 岩	责任印制	刘伟煜
策 划	王 族 王 荣	装帧设计	李瑞芳
责任编辑	龚冰莹	版式制作	田军辉

出版发行　新疆文化出版社有限责任公司
地　　址　乌鲁木齐市沙依巴克区克拉玛依西街1100号（邮编：830091）
印　　刷　永清县晔盛亚胶印有限公司
开　　本　787 mm×1 092 mm　1/16
印　　张　13.25
字　　数　170千字
版　　次　2024年6月第1版
印　　次　2025年1月第2次印刷
书　　号　ISBN 978-7-5694-4332-5
定　　价　39.00元

序

这是一个新疆生产建设兵团的农业连队,夏天的傍晚,人们在老胡杨树下,伴着"隆隆"的抽水机声洗衣、挑水、闲聊,南腔北调的话语,全国各地的方言差不多都有。

这是一个偏远又寂静的农业连队,在准噶尔盆地腹地,古尔班通古特沙漠边缘。孩子们的"老家"在父母的言谈中,爷爷奶奶的笑容在相片里,父母家乡的味道在一个个邮包里。在孩子们眼里,夏子街就只有从家门口到柴火垛再到树林那点儿路,就只有老胡杨下、学校里和大戈壁滩开荒那些事。

这又是一个喜鹊筑巢的地方,这里的红柳枝有胳膊那么粗,梭梭林在春天开满白色小花,从脚底一直绵延到地平线;胡杨林也连成片,秋天漫山遍野的胡杨,在阳光下闪烁着金色的光芒。

夏子街人的生活是安宁的,安宁而简单,夏天在田地里劳动,冬天则窝在家里猫冬。自行车是夏子街人普遍使用的交通工具。夏子街总共不到一百户人家，孩子却有三四百个，夏子街人心里充满希望，一个孩子一份希望。

白杨树林是夏子街的一道篱笆，篱笆之外就是茫茫戈壁滩了。大戈壁是野生动物的天堂，也是孩子的天堂。我小时候，常去"何胡山家"玩，他家在戈壁上修筑了一个又一个土围墙，为着圈羊也为着防狼，他家与狼为邻，五六岁的我经常闹不明白，为什么人们要恨狼打狼吃狼肉，我和狼崽子睡了一晚，我有一个勇敢的伙伴。

我的外婆七十多岁了，秋收的季节，外婆站在房顶上笑，看着房下的孩子笑，看着天上的白云笑，看着远处的大戈壁滩笑。外婆的蓝布衣襟里藏着各种各样新奇的东西，她勤劳、善良，会做许多好吃的，有许多离奇的本领，跟在外婆后面小跑的童年，有着无穷的快乐。

孔连长是夏子街的最高领导。他的老婆娜佳是一个金发碧眼的俄罗斯族女人，孔连长在夏收季节的麦垛遇到了娜佳，他们一起养育了五个孩子。

上海知青阿宝是夏子街的第二号人物，阿宝敲着钟召唤农工上工下工，召唤学生上课放学，召唤人们开会、看电影，阿宝送的报纸告诉人们中央的消息、夏子街之外的大小事情；阿宝会唱歌，爱打牌，夏子街的孩子没有一个怕他。

狗娃是夏子街最卑微的孩子，是被一个老单身汉养大的智力残疾人。狗娃不能从一数到十，却能捉来成串的呱呱鸡，却能套上数不胜数的野兔。后来，狗娃被雷电击中了，成了哑巴，却能找到黄羊群。

蒙古族人赤那是夏子街的编外人物。夏天，他用马毡子当铺盖，马鞍子做枕头，被子是天上的云朵和星星；天寒地冻的冬天，他睡在羊圈牛圈马厩的门房里，帮牧人喂牛喂马。赤那有一些特别的本领：他骑在马上，就跟身子长在马背上一样；他吊在树上睡觉，好像有无数只脚吸在树干上似的；他熟悉戈壁滩，戈壁滩有多少老鼠他都能数清楚；他对骒马有办法，对骆驼也有办法。夏子街人说，别说骒马，就是戈壁滩的狼、就是天上飞的鹰，也都听他的话。

后来，孔连长在修建水库时牺牲了，娜佳养大了四个孩子，我也长大了，夏子街的故事似乎画上了一个句号。我把这些故事带给了父亲，父亲刚参加了钟大夫在苏州的葬礼，他躺在重庆的医院里，要求我把钟大夫的故事写一写。于是，我再次走进夏子街，我站在夏子街飘满果香的苹果园，我想起了父亲的要求，我向年轻的果农说出了父亲的名字，说出了夏子街生活着的其他人的名字，果农从没听说过他们；我走到夏子街的街上，这是一条真正的街道，两旁是林立的高楼和漂亮的花园别墅。街道上的汽车呼啸着来来去去，好像跑得比时间还快。然后，我找到了一些老人，找到了当年和钟大夫一起上山的牧马人，就有了钟大夫的故事。

夏子街筹建了红色军垦旅游区，小广场以东的那片老屋正在重建翻盖，以南的那片老屋还留有一部分。水井还在小广场一侧，只要打开开关还能抽出清凉的井水，老胡杨却不见了踪影。

我和二高站在小广场上谈笑，我们站在老胡杨当年的位置谈笑，我们说起我外婆、说起孔连长、说起阿宝、说起赤那……

我们说着的时候，我们的孩子在小广场上玩耍，就像我们当年在小广场疯跑一样。

杨　春

目 录

第一章　喜鹊筑巢的地方

一

　　我一直认为，老胡杨和我一样喜欢夏天的傍晚。老胡杨是夏子街最老的一棵树，它站在水井旁，身子斜斜地伸到井口上方，就像特意给水井撑起一把伞似的。

　　夏天的傍晚，伴着"隆隆"的抽水机声，洗衣的、挑水的、饮牛饮马的人都不急着回家。聊起天来特别有趣味，四川话、河南腔、山西调……最高领导孔连长用浓重的山东腔发出指示，不用麦克风，也不通过电线杆上的大喇叭，全夏子街人都能听到；敲钟人阿宝"阿拉，阿拉"说着上海话，他说"阿拉七外（我吃饭）""侬要快点（你要快点）"；瘦成竹竿的刘大个子,唱起自编的顺口溜"我是天津人,来到新疆省,嘛也没学会,学会了开汽车,东撞西撞撞了二百多……"

南腔北调的声音,全国各地的方言这里差不多都有。有时候,我会产生一种特别奇怪的感觉,南来的北往的人在夏子街歇歇脚,天明就散了,又南去了,又北去了,夏子街好像古时候的驿站似的。

在这一点上,老胡杨比我聪明多了,老胡杨熟悉夏子街每个人的声音,它知道每天来水井挑水、洗衣、饮牛饮马的人就住在这里,他们哪也不去。

老胡杨有多老,谁说不清楚。我爸说:"少说也有一两千年了。"我爸当年参加了水井的挖掘工作,人们看到老胡杨长得粗壮,枝叶又繁茂,断定地下水量充沛,就在胡杨下开挖水井。直到现在,老胡杨看护的水井还在发挥着作用……

我外婆说:"哪有几千年? 看着是不小,有几百岁?"外婆还说,在四川老家,一棵四五个人合抱的树差不多要长一两百年,戈壁滩的树活得艰难,长得慢,三四百年应该能长这么粗,我外婆不相信一棵树能活几千年。

后来,我们又去问在夏子街长大的蒙古族人赤那,赤那也说不清楚老胡杨活了多久,赤那说他小时候在长满红柳、梭梭和胡杨树的戈壁放羊,老胡杨是夏子街最粗最高的树,他小时候喜欢爬上老胡杨瞭望。赤那说:"那时觉得老胡杨接着天呢,现在不觉得了。"我们不信赤那的话,我们都觉得老胡杨接着天呢。

我们天天在老胡杨下玩,有时围着树转圈跑,有时坐在树杈上看天,有时躲进树洞藏猫猫虎(捉迷藏),老胡杨树底有一个树洞,刚好能藏一个小孩儿,也能藏一只小狗、两只小猫,但如果一个小孩儿想抱着小狗藏进去,就不行了,不是小孩儿的腿露在外面,就是小狗的头伸出洞外。

藏在老胡杨树洞里,有时睡觉,有时就安静地坐着;藏在老胡杨树洞里,可以用手指探寻老胡杨内部的秘密,也可以借老胡杨的耳朵听人们说话。树洞外的人们说着天南地北的家乡话,乡音未改,却彼此懂得。至于孩子们为什么都说河南话,老胡杨没弄明白,我就更不懂了,也许夏子街的河南人比较多,也许托儿所的阿姨、学校的老师说河南话。

方言众多,老胡杨常常不知人们所云,树下的人们说着笑着,一点儿都不觉得不方便,老胡杨只好跟着笑。时间一久,老胡杨嘴巴裂开了口,再也合不拢,腰也笑弯了,枝条垂到了水井里,牛呀马呀来饮水,抬头就能碰到树叶,碰到就嚼来吃。牛马也喜欢老胡杨,老胡杨不仅看护着水井,也看护着夏子街的牛马。

冬天来了,老胡杨的枝条上开满了冰花。平常的日子,天总是碧蓝碧蓝的,冰花在太阳光下闪着耀眼的光,晃得人睁不开眼,就像满树挂着水晶灯似的;下雪了,雪落在冰花上,就像冰花有了生命,在夜里悄悄生长似的。

除了冰花还有喜鹊窝,一个个跟灯笼似的。似灯笼却没有一颗钉子钉着,也没有一根绳子拴着,被寒风吹上天的有,被积雪压着掉到地上的也有,被其他鸟雀衔去的也有,被孩子用弹弓射下来的也有。可不管怎么折腾、怎么损坏,老胡杨上的喜鹊窝总不见少,总有三四十个挂在树杈上,就像冰花丛中绽开的一朵朵大牡丹花。

牡丹花看着漂亮,却不能抵挡寒风又不能保暖,是喜鹊废弃了的巢穴。喜鹊去哪儿了?谁也不知道,谁也不去找,反正春天一到,喜鹊自己就飞回来了,在老胡杨上重新筑巢。过十天半月,小喜鹊就在巢里"喳喳"叫了。再过些日子,小喜鹊就展翅高飞了。

喜鹊搬了家,水井也不寂寞,人们来水井挑水,并不急着回家,他们看着孩子们滑冰、玩耙犁子、打牛牛,水井边自然形成一大片冰场,冰场上空总响着孩子们的笑声呢。

人们来水井挑水，穿着厚厚的毡筒，就跟汽车的防滑胎似的。从水井到各家各户的门口，都结着冰，整个夏子街都结着冰，除了冰就是雪，一不小心就滑倒了，就要摔个嘴啃冰，磕掉了大门牙、摔折了腿骨也不一定呢。

磕掉大门牙不要紧，拾回家埋进墙根也就算了。摔折了腿骨，总得在床上躺些日子，躺在床上，孤独寂寞又凄凉，就叫人把床移到窗下。屋外有孩子玩木尜尜游戏，木板一挥，"嗖"的一声，木尜尜不见了影；还有孩子打雪仗，"啪"的一声，雪球打在白杨树干上，散开了花。

躺着的人更加寂寞了，寂寞凄凉，又有一些伤感，自己可不就是那木尜尜？被命运的木板拍打，"嗖"的一声，就离家几千公里了；自己可不就是那雪球，"啪"的一声，拍到南墙上，头破又流血。

夏子街这枚木尜尜就落在了大戈壁滩，落在了准噶尔盆地腹地，落在了古尔班通古特沙漠边缘。夏子街是新疆生产建设兵团农十师的一个连队，是距离团部最远的一个连队。

夏子街的人来自五湖四海，落在夏子街，总算安定了，落在夏子街就有了我们这些小孩子。孩子们的"老家"永远在父母的言谈中，对我们中的大多数，爷爷奶奶就只是个词汇，而不是可以摸到的慈祥的脸，也不是可以握着的温暖的手。爷爷奶奶的笑容挂在黑白相片里，爷爷奶奶的心意藏在收到的一个一个邮包里，邮包里有山核桃、柿饼、粉条、腊肉，有父亲母亲家乡的味道。

在小孩子眼里，夏子街就只有从家门口到柴火垛再到树林那点儿路，就只有老胡杨下、学校里和大戈壁滩开荒那些事。当然，天空总是湛蓝湛蓝的，树林里飞着数不清的鸟雀，戈壁滩跑着野兔、黄羊、狐狸、狼……

大戈壁滩是野生动物的天堂，也是孩子的天堂。

二

从空中俯瞰,夏子街是一只展翅飞翔的喜鹊,俱乐部是雀头,身子是一个小广场,左三排右三排平房是喜鹊张开着的翅膀。

还有,托儿所藏在白杨树间,卫生所盖在沙枣林里。那一大片白杨树林、沙枣林、榆树林则是喜鹊丰满的羽毛和舒展的尾巴。

四周那些夯筑的土墙,垛满麦草的棚子,做猪圈、羊圈、牛圈和马厩之用,圈里牲畜可欢实了。

此外就是农田了,是小麦、苞谷、葵花、高粱和蔬菜瓜果的家。还有油菜、棉花、蓖麻和太阳花,夏子街人愿意自给自足,他们种植一切能找到种子的农作物。

"夏子街是个喜鹊窝呀。"

"夏子街是吉祥福地,养人呢。"

夏子街人自豪极了。人们都记得夏子街初建时的情形:

红柳枝有胳膊那么粗,梭梭林在春天开满白色小花,它们一丛挨着一丛,从脚底一直绵延到地平线。

胡杨林也连成片,秋天漫山遍野的胡杨,在阳光下闪烁着金色的光芒。

红柳丛中、胡杨林里,泉水东一处西一眼,"汩汩"地喷涌。还有一条小河,春天雪水融化之后,夏季山上下雨之后,小河都是满盈盈的,一年总有六七个月,河水是满的是盈的。

从开春到秋末,夏子街都开着花呢,旷野开着花,树林开着花,红柳花红艳艳,马兰花蓝幽幽,大芸花跟宝塔似的,野大葱长得粗又壮,羊胡子草一片片,在微风中起起伏伏,跟一大片麦田似的。

野生动物更是多得不得了,野兔比天上的星星多,戈壁鼠跟猫一般大。秋天,黄羊迁徙的时候,黄羊群从古尔班通古特沙漠席卷而来,奔跑跳跃着,像在晴空下跳舞似的。

这些壮美的画面,我都没亲眼看到过,我只记得儿时红柳枝、梭梭柴可没胳膊那么粗,我们去戈壁打柴,根本用不上斧头和砍刀,用手就能把红柳枝折断,用脚就能把梭梭踩折。胡杨也已不成林,它们东一棵、西一棵伫立在天地间,有的还生几片叶子,有的干脆就是一棵枯木,枯枝指向天空,木头中间是空的,有的里面住着野兔,有的就那么空着,任风"呼呼"地穿过。

泉水也长了脚,自个儿跑到人迹罕至的深山里去了,不只黄羊和狼能找到,牧羊人和猎人也能找到。还有小河,小河指的是树林后面那条干沟吗?那里满是杂草,夏天的傍晚谁也不敢到那里去,那里是蚊子的家,苍蝇的家。夏子街的孩子大多没见过河水清清向东流的景象,他们中的大多数压根儿就没听过河水流淌的声音,可他们从来不承认这一点,他们会问:"是水在洋灰渠道里流淌的声音吗?""是露珠在树叶上滚落的声音吗?"夏天的夜晚,洋灰渠道里的水也亮闪闪的,星星在水渠里跳舞呢。还有清晨,树叶、草叶上满是晶莹的露珠,很轻易地就能收集到一大碗露水。

我六岁,梳着两条羊角辫,喜欢穿花衣服,却只能捡两个姐姐的衣服穿,补丁摞着补丁的。因为有足够的食物,我身体健康、脸庞红润;因为爱美,我的羊角辫上总是系着蝴蝶结或插着花,有时是妈妈织毛衣给的两根红头绳,有时是戈壁滩随意摘来的花朵——马兰花、铃铛刺花或蒲公英的花朵。

我眼里的夏子街是这样一个地方:没有大街,没有小巷,没有十字路口,连水泥路面也没有。天上下雨,地上就冒泡,人走在泥地里,咕叽咕叽,脚就陷入稀泥巴,稀泥巴就糊上身了,小孩子都成了花脸。成了花脸我也不怕,我喜欢小雨"淅淅沥沥"的声音,喜欢赤脚在泥里"啪嗒啪嗒"的声音,喜欢稀泥从脚趾缝挤出来细腻柔和的感觉,那稀泥"咕噜咕噜"地冒着水泡呢。

我眼里的夏子街还是一只喜鹊,当我向人们介绍夏子街时,我喜欢从喜鹊头说起。

夏子街人管喜鹊头叫作俱乐部。

夏子街的闲言碎语大多在老胡杨下发布,除此之外,这里还发布一些印在纸上的红头文件,还有《人民日报》。夏子街是《人民日报》能抵达的地方,尽管是半个月前的报纸,读着《人民日报》,就是学习中央精神。

和《人民日报》一起到达夏子街的,还有老家寄来的信件和邮包,老家的信句句暖人心,老家的吃食都是家乡的味道。夏子街每人都有一个老家呢,他们心里装着老家,他们最大的愿望是回老家去,哪怕只是回去看看。

邮车一周来一次,每周二夏子街人都等在俱乐部门口,他们喜欢分享,老家来的消息一定要说给每个人听,老家的吃食拿不到家就分完了,每个人都要尝一口呢。

俱乐部是一栋白房子,一间带主席台的大厅,平时,大厅黑着灯,空荡荡的。但如果要开会了,就有人打开大门,在厅里洒了水,摆上长板凳。

俱乐部也是一只飞翔着的小喜鹊,它的翅膀是连部、小商店、粮油店和豆腐房,尾巴是大食堂。夏子街成立初期,人们就在食堂吃饭,一到饭点食堂也热闹起来。

除了在俱乐部凑热闹,小孩子最喜欢去玩的地方就是麦场了。

那麦场,是粮仓中央的一个大院子,麦场地面每年春天都要平整,等待夏收。黄灿灿的小麦在麦场晾晒,小麦入库不久,就迎来了秋收,麦场上堆起了苞谷棒、高粱穗、葵花饼,还有土豆萝卜甜菜,土地里各种各样的收成都堆放在麦场,黄的绿的紫的,各样的颜色都有,秋天的麦场不仅漂亮,还时时充满着欢声笑语呢。这些收成都入库了、下窖了、运走了,冬天就来了,麦场就只剩下白色了,不仅麦场,整个夏子街,整个大戈壁就只有白色了。这时候,鸟雀还不愿飞离麦场,它们能从雪下刨出几粒苞谷、啄出一些葵花籽。这时候,看场人卷着铺盖回家住了,孩子们从墙头爬进去,他们用弹弓打鸟雀,也用套子套、用柳筐扣,捉到的鸟雀穿成串提回家。

那些鸟雀中数量最多的是麻雀,也有斑鸠、太平鸟,却没有喜鹊,孩子都受到教育,他们的弹弓从不对准喜鹊。

夏子街是喜鹊筑巢的吉地,夏子街不能没有喜鹊,再怎么折腾也不打喜鹊。

三

白杨树林是夏子街的一道篱笆,篱笆之外就是茫茫戈壁滩了。

夏子街当然也有路,太阳晒着,路上的虚土又白又亮,自行车骑快了就扬起尘土,就像一路燃起烽火似的。下雨天,路变得泥泞,自行车骑不动了,车瓦上糊满了泥巴,像要把车轮凝固了似的。

路有两条,一条向东,通向团部,人们总要去团部办事,领种子去团部,拉面粉去团部,照相去团部,嘴馋了想买块蛋糕吃也得去团部,大一点儿的孩子还要去团部读高中。

另一条向西,曲曲折折通向县城,曲曲折折是因为那路不仅要经过平坦的大戈壁,还要翻过一座山,越过一道河坝。那河坝底堆着大石头,平常踩着石头能过河,一下雨河坝都积水,到了洪水期,就更不得了了,洪水湍急,能冲走牛马,人骑着自行车根本不敢下水。

可是县城有集市呢,每月都有,集市代表着繁华,代表着热闹,代表着各式各样的小玩意儿，各种各样的好吃的。

去县城逛集市是夏子街每个人的梦，去的时候，他们带着黄羊、野兔和自家产的蔬菜、水果，等回来的时候，他们带着米、糕点和花布。

夏子街人要去县城赶集，非得骑自行车去，或者骑着快马去，如果赶着驴车、牛车去就得走大半天，再走慢一点儿，就得天黑才能到，县城的集市早散了。

夏子街人出门，得自己制造声音，骑自行车的，把车铃按得"叮当"响，骑马赶牛车的，都扯着嗓门吆喝。吆喝是因寂寞，夏子街人走在路上，能听到风的声音、雨的声音，还有喜鹊的叫声、乌鸦的聒噪声，但这些都不是来跟人打招呼和人聊天的，人们也弄不清喜鹊和乌鸦在说些什么；吆喝也是为了壮胆，茫茫无边的大戈壁，几里地也看不到人影，野生动物总能碰上几个，黄羊、野兔不必怕，它们怕人，远远地自个儿就跑了，但如果碰到狼呢？

当然，通向夏子街的土路上也有车轮扬起滚滚尘土，入冬前，卡车拉煤进来；秋收完，汽车拉粮离开。绿色的邮车每半月来一次，带着报纸、老家的信件和包裹。供销社的汽车每月来一次，给小商店拉来酱油醋糖茶和花布，小商店不供应的东西，夏子街人得去县城买，或者想办法自给自足。

还有附近钻井队的汽车，他们的汽车总是空着开进夏子街，离开时，车厢里放着鸡笼，拴着羊，成筐鸡蛋和成堆的蔬菜。

夏子街人对人的羡慕，就只有一条："啧啧！老李家新买自行车了。""啧啧！他家有三辆自行车呀！"

自行车是夏子街人最贵重、最有用的家什，夏子街人没有床可以，"麦草铺在地上一样睡"。没有桌子、板凳也一样过，土块垒的土桌子、土板凳一样能用。可是，如果没有自行车，日子就没办法过了。

自行车是夏子街人的腿。

夏子街人攒一辈子钱,就只为了自行车。男孩多的人家买永久牌,女孩多的人家喜欢凤凰牌。都是二八的加重自行车,结实、耐用,能载重物。

和丰县供销社里也有二六的女式自行车,夏子街人连看都不要看。至于玩具自行车,夏子街的孩子听都没听说过。

自行车新买回来都有一个仪式,铮亮的车把,铮亮的辐条,清脆的车铃,夏子街人从一排房子骑到另一排房子,又骑到俱乐部,在广场一圈一圈地转,又骑到老胡杨跟前,在老胡杨树下展示一下午,全夏子街人都看到了才肯回家,回到家也不好好歇着,自行车停在家门口展示,晚饭也不肯进家吃,全家人端着碗守着自行车吃,家人还端出葵花子,端出茶水迎接一轮又一轮来祝贺的人。

夏子街人都有好车技。

六七岁的孩子已经开始学骑自行车了。个头没有大梁高,屁股坐在车座上,脚还够不到车镫子,他们把腿斜插在大梁下蹬车。在小广场上,哥哥在前扶车把,姐姐在后扶车座,一群孩子围着欢呼助阵,摔倒了也不怕,膝盖摔破了也不哭,谁学车不摔两三跤呢。

第二年,那孩子就能把自行车蹬得飞快了,屁股依然够不上车座,远远看着自行车冲过来,却看不到骑车人,眼看着自行车撞墙了,一晃眼又拐上了路,那孩子扭着屁股蹬着车子,回过头冲着人哈哈大笑呢。

冬天寒冷,自行车躲在门房里猫冬,到了春天,柳枝生出新芽的一周,夏子街人都要拾掇自行车了,自行车一家不止一辆,孩子多的人家,四辆五辆都不够用呢,他们恨不得一人一辆车。

门房推出的自行车,用了七八年的有,用了十几年的也有,有些自行车除了铃铛不响,别的什么地方都响,别说骑,看着都快散架了。

快散架的自行车也能修好了,也能骑,夏子街的男人都有一套修理自行车、保养自行车的绝活儿。

夏子街人的春夏秋三季都得用自行车。

早晨,去团部读高中的大孩子出发了,书包里背着馒头和咸菜,那是他们的午餐。接着是去农田干活儿的农工,空麻袋和绳索在后座上,归来装满猪草和柴火。

夏天的傍晚,夏子街还有另一道风景线:小广场上,男孩子骑着自行车你追我赶;年轻的后生好玩车技,他们骑自行车不扶车把,或者学着骑马的特技,在飞快行走的自行车上倒立。有时上演家庭自行车表演,父亲骑车,母亲抱着幼儿坐后座,大梁上坐着两个孩子,最多的时候,一辆车坐六个人。夏子街人懂得享乐呢,他们在广场骑车是为了享受夏夜的一段好时光。

自行车不仅是交通工具,还是重要的劳动工具。

在大田锄草、浇水,边干活儿边拔猪草,自行车上就是一大捆饲料,回家喂猪喂鸡喂兔子。

在戈壁滩干活儿,自行车上就是一大捆柴火,回家烧火。

盖门房时拉土块、沙石,做家具时拉木材,夏子街人进门出门都离不开自行车,经过年复一年的锻炼,夏子街人自行车驮运东西的技能越来越高,每次驮100公斤东西不在话下。

不仅是劳动工具,夏子街男孩的成人仪式也与自行车有关。

男孩长到十八岁,都要去盐湖搭盐。通常是十几个人组成车队,由一名中年人带队,早晨出发,第二天深夜才回到家里,去的时候自行车驮着干粮和水,回时驮着七八十公斤粗盐。

盐湖途中有一段是沙漠,大约十公里。人们在自行车前把上系一根绳,挂在肩上,左手扶把,右手拉绳,行走在沙漠中,几乎是向前走一步就要退半步。那一段路得走五个小时,人们汗流浃背,筋疲力尽,躺在戈壁滩上休息,有的人带的干粮和水不够,大家就分着吃喝,像行军打仗一样有组织有纪律。

搭回盐巴，男孩子就长大成人了，他们学会了艰苦奋斗、勇往直前和担当责任。

四

在夏子街，没有人认为自己很穷，也找不到富人。我十岁之前，夏子街什么都搞平均。

收入平均，只要你的名字在夏子街的花名册上。不论出生，也不分工种，大田种地也好，食堂做饭也罢，小商店售货员和学校老师也一样，只要每天出工，工资就是每月40元到50元，而夏子街98%的家庭都是双职工。

粮食平均，每人每月粮食32公斤，清油200克。不管男女，也不论胖瘦，更不问你饭量如何，娃娃长到十岁就按成人算，就每人每月粮食32公斤，清油200克。粮食和清油每月初去司务长那儿开票领，钱从工资里扣。

蔬菜瓜果按人头分，冬菜也平均，土豆、白菜、萝卜分回家，放进菜窖，要一直吃到第二年五月。

肉按人头分，逢年过节杀猪宰羊分一次肉。

看电影从工资里扣、理发从工资里扣，孩子的书本费也从工资里扣。

在夏子街，只有去商店买东西要钱，只有寄信、寄包裹用现金，一封信邮票8分钱，一个包裹5角钱。

五

夏子街是这样一个地方,它不像那些拥有悠久历史的村子,也不似四通八达、车水马龙的小城。

祖祖辈辈生活的那些村子,一代一代相传,总有一些东西留下,总有一些传统习俗保留,也总有一些手艺传下来。夏子街人介绍自己时,从不说他们是夏子街人,他们说:"我是山东人""我是河南人""我是上海人"……

夏子街就像一口大锅,煮着全国各地的风味。

人们都习惯在谈论每户人家时附带他们的家乡,吃着老杨家的泡菜会说:"嘿!四川人真会腌泡菜。"闻着老李家的大饼香就说:"要说烙饼呀,还得跟山东人学。"看到老刘家端出的菜清淡,还会撇撇嘴:"那上海人呀,做什么都放糖,甜兮兮的,有什么吃头?"说的时候,又皱眉头又摇头,也不想想,人家怎么吃饭可不关他的事呢。

至于手艺人,夏子街也有几个,做豆腐的和打铁的,他们的手艺是从家乡带来的。夏子街没有师傅教你手艺,也没有天生的手艺人。

在老家的县城,每天都有新来的人,每天都有要走的人,每时每刻都有新鲜的事情发生,也有古老的故事可以讲给孩子听。可人们来到夏子街就很难有机会走出去,媳妇们坐在一起,总这样开头:"在我老家……""听我们村里的老人说……"好像在夏子街她只是一个过客,随时都能回老家。可事实是她们看自己的父母都是千难万难的,都得攒好几年的工资,做了充分的准备才敢从夏子街动身,骑马、坐牛车到县城,坐汽车到乌鲁木齐,再乘火车才能回到家乡,见到自己的父母。

夏子街人轻易不提回老家的事,大多数人十几年都没回过一次老家呢。

夏子街有什么事情可以说呢？夏子街的历史只有扁担那么长，春天来了，秋天去了，冬天熬到头，孩子的手上脚上没长冻疮就是幸运了。食物丰富的夏天，绿色汹涌的夏天，像一只留不住的飞鸟，刚刚盼来，又拍拍翅膀飞走了。

可夏子街有希望呢，夏子街充满了孩子的声音。

夏子街总共不到一百户人家，孩子却有三四百个，夏子街人晚上娱乐少，就赶着生孩子，生一个两个的夫妻极少，四个五个的普遍，七个八个的也有。

东头的河南妇人，一连生了十个丫头，起的学名全带花，"兰花、菊花、梅花、莲花……"家里的花太多，连做妈的都记不清。

丫头们家的柴火垛，对着一户人家的后窗，那家父亲是甘肃人，母亲是山东人，一个生在黄土高坡，一个长在大海之滨，家中有六个小子，分别叫作"边疆、建疆、保疆、建党、建国、建军"。

两家人前后屋，鸡犬相闻，也经常打得鸡飞狗跳。打架的原因极普通，小子多看了丫头一眼，丫头家的鸡飞进了小子家的后窗，小子把丫头家的玻璃打碎了……反正无事不吵、无事不打，无事不可以成为战事的开端，却偏偏丫头们普遍长小子一两岁，而且下得去狠手。人们就常常看到小子们衣服破了，脸上东一道西一道的抓痕，鼻涕和血混合在一起流……也常常能听到丫头们欢呼雀跃的声音。

夏子街人聚在一起，除了聊家乡，家乡的故事、家乡的传说、家乡的吃食，就只有聊孩子了。

夏子街人平时不大理会孩子的事，孩子们总是战事不断，有时候打着打着就忘记了起因，有时候干脆就没有原因，吵嘴打架是为着热闹，为着释放多余的能量。

但夏子街人心里充满着希望，一个孩子一份希望呢。

夏子街人最看重的是学校，人们为孩子想到的最好前程，就是读书这一条路了。

小学的校长姓朱，听说是学校盖好后，夏子街开大会普选校长，他站起来背诵岳飞的《满江红》："怒发冲冠，凭栏处、潇潇雨歇……"那字正腔圆，那抑扬顿挫，惊呆了夏子街人，他就当了校长。

副校长在写大字报时，练了一手宋体，夏子街围墙上的"抓革命，促生产""革命战士是块砖，哪里需要哪里搬"都是他写的。"忠于毛主席，忠于毛泽东思想，忠于毛主席的革命路线"也是他写的。当了小学副校长后，他教孩子写字，过年时给各家各户写春联。

还有一位女教师，姓梅，是上海知青，听说是资本家的女儿，她会拉手风琴，《东方红》《新疆好》会拉，《红梅赞》《三套车》也会拉。有一阵子，她总拉一些悲伤的曲子，在树林里拉，拉得悲悲切切、如泣如诉。人们都说，梅老师想女儿了，她的双胞胎女儿在上海；梅老师想父母了，她的父母都老了，需要人照顾呢。

至于图画课，由卫生所里的钟大夫兼职。来夏子街之前，钟大夫是上海某医学院的学生，他画的饭票真假难辨，每次都要在食堂打两份饭，为此，他还劳动教养了两年呢。

学校还有一个疯子，他倒也不惹事，往往一言不发，住在学校门房里，看着学生来笑，看着学生走也笑，学生进门房从来不敲门，直接撞进去要糖吃，但他只把糖奖给调皮捣蛋的学生，谁打架惹事了，谁衣服撕破了，谁脸上挂彩了才能得到他的一颗水果糖，那些彬彬有礼，衣着整洁，戴红领巾的乖女孩，他看都不要看一眼。

学生放学后，他就在一本厚厚的书上写写画画，那书上密密麻麻全是字，有人问："老聂，《资本论》修改完了吗？上面等着汇报呢。"他就抬头笑笑,又赶紧低头去写,好像真有人等着汇报,他得赶紧完成工作似的。

……

我爸说,学校是藏龙卧虎的地方,夏子街的孩子有福呢,除了学习语文、数学,他们还有机会接触到音乐、绘画和诗词,连看门的疯子都是哲学家。

除了龙和虎,在团部读过高中的大孩子也回来当老师,教一二三年级,夏子街的孩子多,三四个老师可教不过来。

我六岁那年,自己拎着小板凳去了学校,和四五十个孩子一起念"a、o、e"。可是,可念着念着,我的心思就飞到大戈壁去了,就追风追雨去了。

第二章　旷野的呼唤

一

　　春风撒着欢来了,在树林,在田间,在旷野,在大戈壁滩。

　　每一个山冈、每一处草场,每一条河沟都绿起来了。

　　风声、人声、狗叫、马嘶,旷野喧哗起来了,孩子们急忙脱去冬日的棉袄,跑去田野、山冈、草场,大戈壁热闹起来了。

　　夏子街的孩子,可能春天没有帽子戴,冬天没有棉鞋穿,也可能衣服补丁摞补丁,裤脚遮不住小腿,但只要自己肯动手,绝对不会饿肚子。

我长到五六岁的时候，夏子街已经不缺粮食了，蒸笼里有苞谷面发糕，柳条筐里有白面馒头，家家户户每天都能"哧溜哧溜"吃一碗捞面条。大豆成袋贮藏在门房里，苞谷也能做饲料了，猪牛羊马因为每天都能吃到粮食而滚瓜溜圆，膘肥体壮。

但这些都还不够，夏子街的孩子不仅要吃饱，还要吃好。

好东西在树林里，在田地间，在旷野中。

春天，旷野的风伸出勾引的手指，呼唤着孩子们去撒欢呢。

吃饭之前，先来份开胃小点，这餐前的隆重，过去只有资本家才能享受，只有大地主才能享受呢。夏子街的孩子没见过大地主，也不知道大资本家什么样，就因为他们的父母常说："你们现在的日子比大资本家、比大地主还好呢。"他们也就煞有介事地摆开架势，享用资本家、大地主才能享用的开胃小点。

开胃小点始于春天甜柳发芽，柳条被春风吹着软和了，吐出的第一枚嫩芽就被孩子摘去了，迫不及待放进嘴里了，那孩子咧开嘴笑着："嘿！真甜！"

甜柳可不像白杨笔直向上，也不像一般的杨柳，树冠大如伞盖，树干却溜溜地直。甜柳的树干疙里疙瘩的，五六岁的小孩子三下五下就上去了，再大一点儿的孩子，他们简直瞧不上爬甜柳的小家伙，他们愿意去爬笔直的白杨树，或者去戈壁滩追野兔。

从春风吹来的那刻起，甜柳的枝干上就总吊着娃娃，跟结着娃娃果似的。娃娃嚼了嫩芽，又把稍大一点儿的柳叶捋进口袋，回家让大人拌了面蒸熟，再和上蒜泥，就是一道清爽可口的春菜。随后，甜柳开花了，那青青的穗子花跟毛毛虫似的，跟蚕茧似的，嚼得娃娃们满口生津。

柳叶没法吃了，娃娃们吹着柳笛，把身子吊上了榆树。榆钱赶着春天的早集，满眼的鲜嫩，满嘴的清香，不仅娃娃喜欢，主妇们也欢喜。于是,各家各户没有不吃榆钱的,拌面蒸着吃,做菜窝窝吃,做煎饼吃。懒一点的主妇,洗净装盘直接当菜吃,撒一点儿白糖,就更好吃了。

榆钱之后沙枣花就开了,沙枣花不仅香气袭人,而且甜丝丝的,新鲜时可以做枣花馒头,晾干了还可以泡茶。

闻着沙枣花香,戈壁滩也绿了,第一道小吃是沙葱,那簇生的针状物,生吃辛辣,回家包饺子包包子才好吃呢。

然后,铃铛刺开花了,花蕊沁着一芯蜜。那似有似无的一芯蜜吸引着娃娃们,他们跟勤劳的蜜蜂似的,钻进铃铛刺丛中,衣服挂破了也不怕,手脚流血也不觉得疼。

同样会挂破衣服弄伤手脚的还有野葡萄,野葡萄熟了呈紫红色或者粉红色,在阳光下晶莹透亮。那光亮伸着小手呢,它不仅勾引娃们,也勾引着牛和羊。有时候牛羊比娃早到,它们啃食了刺丛周围的野葡萄,一大片刺丛白生生的,只中央的一捧野葡萄剔透莹亮,在阳光下闪烁着耀眼的光。娃们把外衣脱下,铺在刺丛上,踏着衣服摘野葡萄,个个吃得嘴唇乌紫,跟偷嘴的小猫似的。

挂破衣服自然要挨顿打,但为着嘴巴,为那一芯一丝一丁点儿香甜,挨打怕什么呢?嚎两声就完了,嚎的时候连眼泪都不流,那是嚎给妈妈们听的。

相比之下,奶角角、芨芨草、野石榴这些小吃安全得多。

奶角角多汁,花也好吃,在戈壁滩疯跑,渴了累了,突然有一丛奶角角卧在面前,那份惊喜,比天上掉下馅饼还高兴呢。天上会掉下馅饼吗?从来没有,所以,吃奶角角的欢喜更真实一些。

芨芨草的嫩茎也是一芯甜,娃们不一根一根单嚼,那样不过瘾,他们攒一大把,一起塞进唇齿间,再用力咬合。嘿!那汁液迸发了一般,惊心动魄、沁人心脾,再看那娃,他闭着眼,微笑着,芨芨草长长的紫穗在风中跳舞呢。

野石榴成熟在八月里，像红灯笼挂在绿叶间，密密麻麻、星星点点，野石榴只有小拇指那么大一点儿，只有皮能吃，有点儿酸有点儿甜又有点儿涩，跟嚼果丹皮差不多，戈壁滩的娃都没见过果丹皮，爱的就是野石榴那酸甜又涩的味道。

二

开胃小点吃罢，就该上主食了。

主食可不能向戈壁滩要了，没有一个地方的戈壁滩不是吝啬的，戈壁滩能生出一些植物，能养活一些动物，能提供给孩子一些野花野果当作开胃小吃，就已经很和蔼了，大多地方的戈壁滩就只出产石子、黄土和风沙呢。

夏子街是喜鹊筑巢的地方，从前生长着成片的胡杨林、红柳和梭梭，还有泉水"汩汩"。后来，夏子街有了几千亩良田，种植粮食、棉花、蓖麻和各种蔬菜瓜果。

自己种的粮食偏偏要统一收购、统一发放，夏子街人觉得吃亏。于是：

在麦场扬麦子，回家时口袋装满了，一次可以装两三公斤。

在大田收苞谷、收葵花，自行车后面驮着大柳条筐，筐子面上是青草，草下藏着大饼的葵花饼，大棒的苞谷棒。

猪场的饲养员，拿饲料粮食回家。

食堂的管理员，食堂吃什么他家有什么。

小商店的售货员，她家的孩子总在吃糖，吃着还嚷着："我家的商店，随便吃随便拿。"于是，夏子街的孩子都有一个理想：长大当商店售货员，想吃什么吃什么，想拿什么拿什么。

牧人家的女人,她们手里的纺锤总是不停地转呀转呀,她们捻着羊毛,仿佛捻不完,寄回老家去,送给朋友也是一份人情。

秋收的时候,一个人路过高粱地,突然想起自家的扫帚秃了该换了,就割一抱高粱回家,高粱米喂鸡,高粱秆扎扫帚。扎扫帚也不回避人,在家门口哼着小曲,在太阳下扎。隔壁邻居看到,也去地里割一大抱高粱回来,在家门口、在太阳下扎扫帚,新扎的扫帚自家用不完,送给亲戚朋友。两三天的工夫,家家户户都有新扫帚用了,家家户户的鸡都比先前肯下蛋了。

再去看那片高粱地,也没见整片的断茬,只是稀稀落落的,风在高粱秆之间穿来穿去,一点儿不会被阻挡的样子。

夏子街人管这种行为叫"顺"——"顺"几斤麦子,"顺"一筐苞谷,"顺"一把高粱秆……

他们从来不说自己从公家的地里"偷"了什么东西。

这些顺手牵羊的事情,看场的人视而不见,看地的人视而不见,孔连长看见了,有时也装着没看见,但如果有人胆子太大,成麻袋往家扛粮食,孔连长就派人把"顺"来的东西拿走。

拿走东西,大家也不怪孔连长,都还赔着笑脸,承认自己错了,下次不敢了。孔连长担着责任呢,夏子街人理解。

第二天去麦场,就口袋装两三公斤麦子回家,不敢整麻袋扛了。夏子街人不贪心,拿回家的粮食,够一家人吃就行了,够喂猪喂鸡就行了,多了也没处贮藏,也没办法拉出去换钱,寄回老家去也不划算。

夏子街也不是人人都往家顺东西,也出产了两位一心为公的人。

一位是敲钟人阿宝。

阿宝是上海知青,平常他的工作是敲钟、发报纸,在连部里写写抄抄,替孔连长跑跑腿、带个话什么的。活动范围基本在连部、小广场和夏子街一排又一排平房之间。

夏收、秋收时节，他就戴上了红袖章，担当起保护国家财产的任务。

阿宝单身的时候，我妈给他做过鞋子，帮他补过衣服。我爸在他生病时照顾过他，他还常到我家吃饭喝酒。

阿宝照样六亲不认。

一次，我妈从苞谷地出来，提着一大筐猪草，猪草下藏着嫩苞谷。我妈老远看见阿宝站在地头，赶紧退回苞谷地，准备从另一头出来，虽然绕了远路，也比被阿宝抓着强。

可是，等我妈满头大汗从另一头出来，又看见阿宝站在地头，这会子阿宝骑着自行车。

我妈累了，她不想跑了，她凭着自己做过的鞋、补过的衣裳径直向阿宝走去，她想阿宝总得给点儿面子。

结果，我妈的筐子被没收了，还被广播点名批评，说我妈破坏生产，公然把集体的苞谷占为己有，我妈这种行为是盗窃，如果人人都像我妈这样，还怎么大干社会主义？什么时候才能实现共产主义？

以后，我妈见到阿宝就骂，我妈说："哼！六亲不认的东西，那些转业军人家属拿得比我还多，怎么没见你抓？"

过些日子，阿宝又抓了一个转业军人的家属，也没收了筐子，也在广播上点名批评，我妈就没话说了。

又一次，我大姐在路边捡了两个大苞谷棒，可能是拉苞谷棒的拖拉机颠漏了，也可能是谁"顺"苞谷棒跑急了掉下了。我姐满心欢喜，抱着苞谷棒往家走，路口碰到阿宝，我姐解释说是捡的，阿宝不由分说，没收了苞谷棒，还大声喊："颗粒归仓！"我姐哭着回家，我妈说："阿宝是傻子，没收了就没收了吧。"

另一位是复员军人苏别克。苏别克不是夏子街人，据说是汉族人家养大的哈萨克族男孩，他穿着没有领章帽徽的军装来，夏子街开了一场盛大的欢迎会。苏别克的英俊帅气惊艳了许多人，当即就有人带话，要把闺女嫁给他，姑娘们也做鞋子的做鞋子，写情书的写情书。可许多年过去了，苏别克还没娶上老婆，原因之一是苏别克年轻气盛，做事一根筋。那一阵子，夏子街最靓丽的风景就是高大英俊的苏别克骑着高头大马，一阵子在苞谷地扬起一阵风烟，一阵子又在高粱地制造一场纷乱。

谁也别想在苏别克眼皮底下"顺"走一粒麦穗，一颗苞谷。年长的人去劝导，他不听；姑娘们来说情，他也不理。孔连长只好亲自出马，旁敲侧击，希望他能睁一只眼闭一只眼，保持夏子街一团和气、安定团结的大好局面，保证夏子街人人都能吃饱，家家都有余粮喂鸡喂猪。

这一回，苏别克骑着马把烟尘扬进了团部。团部成立了工作组进驻夏子街，偏偏，工作组的成员大多是孔连长的老战友，对夏子街"顺"粮食的行为习以为常，他们也去做苏别克的工作，希望他以大局为重，以老百姓的利益为重，最后，苏别克在义正词严据理力争中，接到了一纸调令。

苏别克走的时候是秋天，风烈烈的，把站在拉煤车顶的苏别克吹成一面旗帜。他还穿着来时的那身军装，袖口磨坏了，口袋也粗针大线缝过了。夏子街人看多了苏别克骑马扬起的风尘，对于他浑身煤渣的样子反而有些不习惯，感觉有点儿对不住这个耿直帅气的小伙子。

晚餐的时候，他们一边"哧溜哧溜"吃着面条，一边感慨：

"也没娶个媳妇，衣服破了还得自己补，可怜哪！"

"也没买辆自行车，空手来又空手走了，可惜呀！"

"也没交个朋友，头发长了也没人理，怨谁呢？"

不仅感慨，还叹息，还为苏别克不值，好像苏别克是夏子街怪异的、不成器的孩子，被年长的老派的规矩，被夏子街人共同的利益驱逐了。

为苏别克的叹息持续了两三天。两三天过后，苏别克的名字就被夏子街人淡忘了，他如快马身后扬起的一道烟尘，马走远了，烟尘也就落下了。

苏别克走后,阿宝的眼睛也慢慢不那么好使了,广播里也再没有"谁谁偷了公家苞谷"之类的新闻,夏子街的孩子们也总有白面馒头吃,有苞谷面发糕吃了。

我爸说:"孩子最好养了,只要筐筐里头有馍馍,碗里头有面条。"

听了我爸的话,我们都觉得好笑,养活小孩子可不是有面条馍馍就够了,小孩子的眼睛一个比一个亮呢,我们在旷野里寻觅,也在公家的大田里搜寻。

从戈壁滩回来,我们大举进攻农田。小麦灌浆了,我们在戈壁滩燃一堆火,烧青麦子吃,吃得满手满脸黑黢黢,跟从柴灰里拎出来一般。麦子熟了,我们嚼麦子,嚼呀嚼,嚼成面筋,"噼噼啪啪"吹泡泡,那声音,跟放鞭炮似的,跟豆子在锅里蹦似的。

苞谷才到半人高,我们就开始撇苞谷秆吃,有时,我们一撇就是十根二十根,抱了满怀躲到树下大嚼,比赛谁撇的苞谷秆汁多,比较哪根苞谷秆更甜,我们离开后,树下堆满了嚼过的残渣,麻雀在上面跳,蚂蚁在下面爬。苞谷饱满了,我们掰嫩苞谷,拿回家煮着吃,在火炭上烤着吃。苞谷晒干了,我们眼巴巴盼着爆米花的手艺人来,在一声声巨响之下,抢食爆成了花的美味。

葵花金黄的叶片刚刚脱落,孩子们就开始嗑葵花子了,从大把的嫩葵花子到秋收晾晒在麦场上的葵花子,再到被一口袋一口袋装回家炒的瓜子。

蔬菜瓜果成熟的季节更不得了,孩子们简直不用回家吃饭了,嫩绿绿的黄瓜,红彤彤的西红柿,那香瓜、菜瓜、小梨瓜、哈密瓜,有的爽脆可口,有的香甜软绵,有的比蜜还甜,哪样不是孩子的最爱?

孩子们也不贪心,他们去瓜田菜园摘瓜偷菜,并不会破坏菜秧瓜藤,吃饱就成,看瓜人也就睁一只眼闭一只眼,任孩子们吃得肚子圆圆。

三

吃了开胃小点,又有粮食蔬菜瓜果做主食,夏子街人却不满足,他们的餐桌上一直有野味,戈壁滩跑的野兔、黄羊、肥大的戈壁鼠,天上飞的鸟雀,草丛里的虫豸,但凡能入口的东西,夏子街人都能拿来做成一道道佳肴,大吃特吃。

在夏子街人的记忆中,曾发生过两次较大的生物灾害,一次是麻雀灾,一次是蝗灾,夏子街人都凭借着智慧和超强的舌尖上的本领,将这两次灾害轻易化解。

先说麻雀灾。那阵子,麻雀和苍蝇、蚊子、老鼠并列为四害,苍蝇、蚊子自然不能吃,又肥又大的戈壁鼠也能做成下酒菜,何况肉质细嫩鲜美的麻雀。

起先人们没太注意。麦收季节,总有鸟来吃麦子,麻雀不来,还有乌鸦,还有太平鸟,还有呱呱鸡,还有一些叫不上名字的鸟雀。

几只麻雀怕什么?几个稻草人就吓走了,几把弹弓就解决了,夏子街的男孩子个个都是神弹手呢。

麻雀可不是人的对手,人有弹弓,有粘网,有夹子,有滚笼,还有气枪。那树林里的麻雀,长着翅膀的麻雀,总也逃脱不了人的手掌,成为口中食。

可是那天早晨,天边飞过来一片黑云,也不完全似黑云,黑云不"叽叽喳喳"大声聒噪,黑云飘过来,变成雨,雨是轻灵的,落在人身上轻飘飘、湿润润的,麻雀飞过呢?麻雀飞过,"噼噼啪啪"下麻雀屎。麻雀屎落在树林里、菜园里,可以当肥料,落在水库里,可以给鱼儿当饲料,可落在人的头发上、衣服上怎么办呢?如果有人恰巧打个喷嚏,麻雀屎可就落到人嘴里了。

麻雀可不是卫生标兵,也没人给它们讲授卫生常识,麻雀屎想落哪就落哪。

麻雀也想落哪就落哪,落在草垛上,草垛就带上了一顶麻雀帽;落在屋檐下,屋子立即黑了,好像夜晚提前来临。麻雀落在电线上,电线立即下弯成弧形,有几根电线担不起重量,"嘭"一声断了。电线导火,"噼噼啪啪"在空气中打出火花,稀里哗啦麻雀掉了一地,有的被电打死了,有的被烧焦了。

麻雀落在操场,那就不得了了。麦子还在操场上晾晒,还没入库呢,突然来了一群飞行兵、空降兵,浩浩荡荡地进军,凭借着规模大、数量多明目张胆地抢,痛痛快快地吃。

好一顿饕餮盛宴。

那操场上的麦堆,本是一堆堆的,本是金灿灿黄澄澄的,成熟的麦子在阳光下晾晒,和着温暖的风唱歌。

现在呢?麻雀从天而降,黄金的麦堆眼见地缩小,像是过了铲车,削平了麦尖儿,再过两天,可不就没了?

再一瞧,那麦堆不金也不黄了,它们变成了杂色,黑色小粒的是麻雀屎,灰色漂浮的是麻雀毛,黑红四处飞溅的是麻雀的血。

多好的麦子,糟蹋了。

一年的收成,糟蹋了。

夏子街人要为保护粮食而战,要为保护家园而战。

一些人抢运小麦,另一些人捕杀麻雀。

不一会儿,没人抢运小麦了,小麦是公家的,麻雀却是自家的肉,谁手快就归谁。

谁不知道呢?麻雀是好肉。

麻雀吃麦子，人吃麻雀，这笔账，夏子街人会算。

麦场上人欢雀啼，人们踏着麦堆抓麻雀。

弹弓，一打一个准，有时一弹两只，甚至一弹三只，麻雀有中弹的，有撞晕的。

竖起粘网，麻雀晕头晕脑只管往网上撞，人只管从网上摘，不一会儿就装满了麻袋，不一会儿，鼓鼓囊囊的麻袋堆了半操场。

人雀之战持续了三两天，人取得了绝对胜利。

然后，就该主妇们忙活了。

在夏子街，最忙的是主妇们，她们什么活计都做，做饭、洗衣、喂猪、喂鸡、缝制衣物……麦收季节，还要去大田垛麦草，去操场扬麦子，最重要的是领着孩子们拾麦穗。麦穗拾回家就是口粮，换成白面，锅里就能煮上面条，箩筐里就有了白面馒头。这些天，主妇们不去拾麦穗了，麦穗值几个钱？不如把麻雀肉做熟了，放进孩子的碗里解馋；不如把麻雀肉晾干了留到冬天，寄给家乡的父母，也能表达一份孝心。

这些天，主妇们都待在厨房里，拔毛、破肚、清洗、腌制；这些天，各家各户都传出了香味，麻雀肉的香味。

下午的时候，主妇们又坐在了屋檐下，她们把麻雀肉穿成长长的串儿，她们笑着、穿着，相互打趣，打听别人家的收成，这天上掉下来的肉，可不是到了谁家就成了谁家的收成？

主妇们一直穿着，两只手像纺织车一般，不停地穿着，也不管蚊虫把脸和手叮得红肿，不管家里的鸡呀猪呀在圈里喊破了喉咙。

傍晚，麻雀肉就像成串的风铃一样，挂满了屋檐，主妇们站在屋檐下，幸福地笑了，那笑是从心底发出的，主妇们个个眼睛闪着光呢，这天上掉下来的肉让人人都过上了幸福生活。

这些天，人们都不吃主食，白面馒头再香也香不过肉；不吃青菜，那草一样的东西,吃得腿肚子打哆嗦;连豆腐也不吃了,平时金贵的豆腐,白嫩嫩的豆腐,一想就流口水的豆腐,突然掉了身份。麻雀云抵达的头一天,豆腐房还做了两方豆腐,到了第二天,做豆腐的老刘也捉麻雀去了,豆腐房停业了。

晚餐,主妇们在厨房里忙,会做菜的,麻辣麻雀、手撕麻雀、椒盐麻雀、白蘸麻雀、红烧麻雀,应有尽有。不会做菜的,烧锅开水,清炖也是一锅好汤;燃一盆炭火,烧烤麻雀,就香得不得了了。

男人们有酒有肉,便是好日子,吹起牛来毫不含糊,他们嚼着麻雀肉,哼着小曲,赛过活神仙。

孩子们端着饭碗各家各户串着吃,谁家妈妈会做饭,手艺好,大伙儿心里都有数。家里做得吃腻了,他们又跑去树林,随便抓几只麻雀,包上稀泥,丢到火里烧,边烧还边唱:"麻雀麻雀气太暮,光是偷懒没事做。麻雀麻雀气太傲,既怕红来又怕闹……"

孩子们吃饱了,闹够了,拖着疲惫的步子回家了。

再过一会儿,家家户户都进屋去睡觉,关起窗门来。

夏子街这个地方,就是麦收季节也是不十分热的,夜里总要盖着毛毯睡觉。

黄昏之后,只能隔着窗子听到孩子们在睡梦中嚷:"麻雀麻雀气太官,天塌下来你不管。麻雀麻雀气太阔,吃起米来如风刮……"

铁锅里的红烧麻雀,冷了也散发着诱人的香味,那屋檐下,腌制好的麻雀肉,成串成串地晾着,过不了几天,那些经过腌制的麻雀肉就晒成了干肉。家家户户从房檐把肉干解下来,送进门房里储藏,去戈壁打柴、去盐湖驮盐时就有干粮了,走亲串户时就有礼物了,孩子们有零食了,男人们也有下酒菜了。

还有一大包一大包,放进了邮差的绿袋子里。

过一阵子,夏子街人的亲人们都知道夏子街遭麻雀灾了,粮食不够吃了。

夏子街人的亲人全国各地都有,上海、四川、河南都有。

吃了喷香的麻雀肉,亲人们念着夏子街人的好,心疼夏子街人"缺衣少食",更多的邮包涌进了夏子街,邮车不得不加班跑呢。

四五天后的傍晚,那曾经漫天盖地的麻雀,叽叽喳喳叫着,从夏子街头顶飞过去了。

夏子街人抬眼看时,发现麻雀已经不似一片黑云了。

据说麻雀飞过了那片沙枣林,就在一大片野生胡杨林里住下了,要明天起来再飞。

第二天早晨,牧羊人赶着羊群去戈壁,他看到远处的山反映着朝霞的彩色,那麻雀云,在霞光里飞行。

牧羊人吧嗒吧嗒嘴,嘴里还有麻雀肉的香味,牧羊人摸摸口袋,口袋里装着几只冷麻雀,那是他的午饭。

牧羊人吧嗒吧嗒嘴,他感觉身轻如燕,好像长出了一双麻雀的翅膀,他大声念着:"麻雀麻雀气太娇,虽有翅膀飞不高。你真是个混蛋鸟,五气俱全到处跳……"

四

没过几年,夏子街又遭遇了蝗灾。

"蚂蚱来了!"

夏子街人说蚂蚱来的时候,眼睛闪着光,嘴角含着笑呢。他们还梗梗脖子,把汹涌而上的口水使劲咽下肚。

夏子街人说起蚂蚱,是说一道道下酒菜呢。

主妇们各尽所能,烤蚂蚱、油炸蚂蚱、干炕蚂蚱、炒蚂蚱……

男人最喜欢吃油炸蚂蚱下酒,"嘎巴嘎巴"比油炸花生米好吃多了,比油炸花生米营养多了。

小孩子从地上捡起一只蚂蚱,塞到嘴里就生吃了,一边嚼一边还咂嘴称赞:"真好吃!"

挑食的孩子只吃蚂蚱腿,蚂蚱腿有两疙瘩肉,跟鸡腿肉似的,嚼在嘴里"嘎巴嘎巴"响,跟嚼没剥皮的瓜子似的。

小孩子兜里都有干炕蚂蚱当零食吃,打溜溜球、玩三角时还拿它当注,赢来的蚂蚱吃得更香。

不仅当菜吃,当点心吃,还当药用。

那些南方来的人,上海的、江苏的、浙江的知青,在家乡,寒冷对于他们只是字面上的一个词,来到夏子街,寒冷具体成冻得裂口子的大地,屋檐下凝成柱状的冰凌。人们走在路上,呵气成霜,寒风像小刀子一样割人,眉毛头发上结满了冰霜,手上长出了冻疮。

冻疮一入冬就长,第二年夏至后手才慢慢痊愈,长出新肉,到了冬天手又裂开了口子。

红斑、水疱、溃烂,手肿成大面包,流着黄水。

没人不怕冻疮,一年长了,第二年也长,第三年继续,无穷无尽的样子。

"天暖和了就好了""离开夏子街就好了",夏子街人这样安慰自己。

可是冬天年年来呢,回家乡又遥遥无期,夏子街人用各种办法治冻疮。生姜涂抹、花椒水清洗、鸡蛋清热敷,通通收效甚微。后来,有人用蚂蚱研粉,再用香油拌成糊状,涂抹在患处,又用温水冲服蚂蚱粉,又喝又敷,居然就好了。

不仅好了,第二年也没复发了,第三年连冻疮的影子也没见,居然就根除了。

再有人长冻疮，人们就不怕了。

不仅治冻疮，小孩子被狗咬了，也用蚂蚱粉热敷，感冒了喝蚂蚱粉，发烧了也喝蚂蚱粉。

在夏子街，捉蚂蚱制蚂蚱粉成为相当重要的一件事，就跟主妇入冬前要给孩子做好棉鞋一样重要，就跟孩子要白衬衣在六一儿童节走方队一样重要。

夏子街的孩子都是捉蚂蚱好手。

对于蚂蚱，孩子是巨人国的庞然大物，孩子在草丛里一走，蚂蚱就开始乱跳，看到灰黄色的小点儿落地，孩子先是一动不动，接着慢慢弯腰，再猛地用双手一捂，蚂蚱就到手了。

用食指和拇指捏住蚂蚱的大腿，蚂蚱就不动了，小脑袋也不乱扭了，开始专心致志地吐黄水。黄水黏稠，积攒成一个小球儿，晶莹剔透，跟一粒松香似的。

捉好的蚂蚱通常被放进布袋，顽皮一点儿的孩子用狗尾巴草穿蚂蚱，狗尾巴草秆儿细长且硬，淡紫的穗儿长在梢上，毛茸茸的，跟小狗的尾巴似的。用它去挠人的脖子，也跟小狗用尾巴去挠人脖子似的。

狗尾巴草穿着蚂蚱，一串串结成环，挂在脖子上，又一串串抓在手上，跟身披长麾、手持长剑、得胜回朝的将军似的。

至于活蚂蚱在草秆上拼命地蹬腿、挣扎，狗尾巴草淡紫色的毛穗儿在风中不停歇地摇摇摆摆，都令收成更加荣耀呢。

捉回蚂蚱，自然得到奖赏，烤蚂蚱可以多吃，还可以用蚂蚱换糖吃、换弹弓玩。

夏子街的孩子个个是捉蚂蚱的好手，他们在平常年月都能捉到许多蚂蚱，当菜吃、当点心吃、当药用。

平常年月,田间地头杂草间,戈壁湿地的荒草滩,都滋生蚂蚱,捉蚂蚱并不难,却也不能放开了吃,肆无忌惮地吃。

夏子街人说"蚂蚱来了!"可不是说平常年月,他们是在说"蝗灾"。

夏子街人管蝗虫叫蚂蚱。

"蚂蚱来了!"夏子街人迎来蝗灾,几十年只有一次,见过那次蝗灾的人们都喜气洋洋的,他们这样形容蝗虫的壮举:

天空乌云密布,遮天蔽日,半边天都黑了,还伴着"唰唰唰"的声响,跟下沙尘暴似的。

大戈壁滩,一片一片全是黑乎乎的东西,跟白云在戈壁投下的阴影似的。

向草丛扔一块石头,就跟往水中扔一块石头似的,蚂蚱"哗哗啦啦"溅起一大片。不小心踏上一脚,能踩死好几百只呢。

那庄稼地,苞谷、高粱、葵花弯下了腰,株秆上密密麻麻爬满了蚂蚱,大田里像铺了一层厚厚的黄绿相间的毛毯,滚滚向前,势如洪水。

……

"蚂蚱来了!"跟天上掉下馅饼似的,夏子街人兴高采烈。

捉蚂蚱不是想象中那么简单,你敞开口袋,它们就"噼噼啪啪"落进去,跟夏收时节麦子灌进麻袋一样。蚂蚱可不是飞蛾,会自投罗网。人踏上前去,蚂蚱"呼啦"一下飞了。蚂蚱还会跳会蹦,它们知道惜命呢。

蚂蚱不打算在夏子街安家落户,它们像洪水一般,汹涌往前流动,流过树林,流过草场,又流过庄稼地。

夏子街人拿着家什围追堵截,却收效甚微。

有人说:"要起大早趁它们翅膀发潮飞不起来时去捉。"于是,人们都天不亮去捉,借着微明的霞光去捉,蚂蚱飞不起来,用扫把一扫就是一堆,跟冬天扫雪似的,跟秋天扫落叶似的。

家什都用来装蚂蚱了，水桶、柳条筐、麻袋，一桶桶、一筐筐、一袋袋。

装蚂蚱时，人们查看了蚂蚱的壮举，树林只剩下光秃秃的树枝，半片树叶也不见；草场好像过了收割机，几近成了荒滩，那些待收的庄稼，苞谷、葵花、高粱，全都光秃秃，成了株秆，有的连株秆也不见了。

夏子街遭灾了，人们辛辛苦苦种下的庄稼颗粒无收。

夏子街人沉默了，原来蚂蚱如此厉害。

沉默之后，夏子街人又继续装蚂蚱，他们恨恨地想：你吃我们的庄稼，我们吃你，还不知道谁吃亏呢。

庄稼无收了，就不去管它，人们把热情投入蚂蚱大餐，烤蚂蚱、油炸蚂蚱、干炕蚂蚱、炒蚂蚱是最普通的吃法。四川人口味重，他们做椒盐蚂蚱、香辣蚂蚱。

有一家上海人，他们给蚂蚱喝酒。家乡寄来的花雕本来是稀罕物，那家人用花雕、大曲再加上花椒、陈皮、盐和糖调成醉卤，腌渍活蚂蚱，把活蚂蚱灌醉了，吃醉蚂蚱。

那家上海人只吃过一次醉蚂蚱，很多主妇都不屑一顾呢，她们撇撇嘴说"穷讲究"。

夏子街人不喜欢"穷讲究"。住着土坯房，穿着补丁衣，吃菜有什么可讲究的呢？有饭吃就行了，吃饱了就行了，却都不想想，主妇们都想着法子把蚂蚱做成菜呢。

能干的主妇，把蚂蚱贮存在缸里瓮里，吃一冬一春；再能干一些，她们研究做蚂蚱酱。蚂蚱酱做法很烦琐，要经过发酵，夏子街人把蚂蚱酱贮在缸里，埋到地底下，过几年挖出来更好吃。

然后就是晒蚂蚱，本来要晒苞谷、葵花的大操场用来晒蚂蚱，蚂蚱铺了满满一操场，麻雀飞来吃，喜鹊也飞来啄，还有乌鸦、燕子、太平鸟。

夏子街一下子多了几百几千只鸟，孩子们拿起弹弓四处打鸟，每天都有鸟肉吃。

蚂蚱用小火慢慢焙干,撒了盐打了包寄回老家孝敬父母,老家人都说香呢,跟海边的大虾一样,比南方的蚕蛹好吃。老家来信说:"多寄!多寄!"

更多的干蚂蚱寄出,邮车不得不加班跑,不久,就有大卡车开来,有人来收购干蚂蚱,卖到大饭店,卖到制药厂,那些寄出去的包裹给夏子街做广告了。

拉走的干蚂蚱换回了粮食,帮夏子街人度过了灾年。

干蚂蚱处理得差不多的时候,就快入冬了。

夏子街人缓过神去看他们养的家禽,鸡鸭天天吃蚂蚱,长得又肥又壮,毛色鲜亮,还肯下蛋。这期间,人们还把干蚂蚱拌进草料,喂猪喂马喂牛羊,结果猪牛马羊都膘肥体壮。

五

"卖鱼了,卖鱼了,新鲜的小白条、五道黑……"

夏天的傍晚,叫卖声瞬间传遍整个夏子街。

只眨眼工夫,夏子街人就都聚集到小广场上了,他们拿着盆、筐、篓和簸箕拥挤在手扶拖拉机旁,叽叽喳喳、你争我抢,生怕买不上似的。

买了鱼也不急着回家,女人去水井洗鱼,男人围着拖拉机谈天说地、吹牛打趣,小孩子有的被母亲吆喝着帮忙,有的就在小广场追着喜鹊跑,追着旋风跑,追着鸡猫猪狗跑。

也有来不及回家拿家什的,他们买了鱼就堆在拖拉机旁,等着家人送家什来。

夏子街这样的地方,吃鱼是大事、大喜事,只要卖鱼的手扶拖拉机一响,就是信号,就能勾出久居戈壁滩的人们肚子里的馋虫。这类事情从来不用通知也不用广播，就跟电影队来了无人不知一样。

鱼多半是小白条、五道黑，还有龇着牙像蛇一般的狗鱼。鱼从百公里外的福海来，早晨被网，蒙上饱含水分的草帘子，"突突突"坐着手扶拖拉机来到夏子街，刚好赶上晚饭时间。

于是，煎、蒸、煮、炖，家家锅里都飘出了鱼香。

有时候，手扶拖拉机路上没油了，或者坏在路上了，鱼来到夏子街就不新鲜了，有微微的臭味，却也不影响夏子街人吃鱼的热情，那就不煎、蒸、煮、炖了，家家都吃红烧，多放酒、多倒酱油就行了。夏子街人不挑食，有鱼吃就很好了。

卖鱼人也是大家熟识的，起初是福海的一个哈萨克族老人，他用马队驮鱼。马队有三匹马，一匹骑，两匹驮鱼。鱼到夏子街，有时八角钱一筐，有时一元钱一筐，不管多少钱，夏子街人吃顿鱼不容易，鱼一到就被一抢而空。

老人汉语说得不太好，也不会用秤，他用一个柳条筐卖鱼，多一条少一条也不在意，因为不能赚钱，也太辛苦，来了几回就不来了，老吴叔接了卖鱼的生意。

老吴叔开着手扶拖拉机来夏子街，他不但会使秤，心里还有一杆秤，谁家孩子多，饭量大，哪家的主妇鱼做得好做得香，他知道得一清二楚。偶然，车里有几条鳊鱼、狗鱼或者青鱼，他就留给那些手艺好的主妇。慢慢地，老吴叔成了最受欢迎的人，主妇们争着抢着请他到自己家做客，给他做鞋子，送他应季的蔬菜瓜果。

夏子街这样的戈壁连队，有鱼吃就很好了，有小白条、五道黑吃就是天上的珍馐了，两三公斤一条的大狗鱼、大青鱼，谁家不想尝尝鲜呢？

这样的大狗鱼、大青鱼经常出现在我家餐桌上，多半归功于我爸和老吴叔的交情，还有我爸出色的吃鱼技术。

吃鱼还要技术？说给谁听都不会相信,可我爸偏偏因为会吃鱼,吃鱼本领高超闻名于夏子街,也为我家的餐桌争取到了更多的美味。

一条小白条,我爸左手鱼尾,右手鱼头,右嘴角进鱼,左嘴角出刺,几秒钟就吃完,而且鱼刺根根清楚,不浪费一丝鱼肉。

老吴叔提鱼到我家来,固定节目是跟我爸比赛吃鱼。两人比赛一次,感慨一次,通常是吃着鱼,喝着酒,流着泪。

我爸吃鱼的技术是到新疆头几年练下的,那时我妈还没来新疆,我们姐弟四人更是连影子也没有。

那时,我爸和老吴叔一起在福海附近干活儿。

福海水质优良,鱼种类繁多,五道黑、红鱼、黑鱼、青鱼……令人眼花缭乱。数量更是多得数不胜数,人站在岸边,随手抓块石头往河里一砸,就能砸到三四条;下河游泳,伸手一抓,就有鱼往手里钻;下游突然断流了,跑到上游一看,是被鱼堵住了。

冬天,我爸在距离福海三十八公里的平顶山上修水库,睡棉帐篷,那年天气特别冷,按规定零下四十摄氏度可以不出工,但为了赶工期,天再冷也不休息。

平顶山是一个大风口,风势常常大过十级,一刮就是三五天。刮大风时出门难,逆风行走,迎面的风让人寸步难行。顺风行走,一股大风会叫人脚不挨地,"呼啦"一下"飞"到了十米开外,有时不注意,就会被风掀翻在地。

从十月末开始,到次年二月底,冬风强劲地刮,刺骨的寒风卷起积雪吹打在人们脸上,冻得人上牙打下牙。

环境恶劣,工期却催得紧,上面要求春风吹来之前,在冰冻的河床上修一条拦水坝。

施工原始的令人难以相信,没有钢筋水泥,就地取材,用坎土曼、铁锹、斧子在河边劈树砍红柳条,捆成三十至四十厘米的圆筒,筒内装上石头增加重量,堤坝用土石方铺垫夯实后,再用捆好的柳条筒挡着急流。

一连刮了几天大风,公路上的积雪深达两米,大雪封路,虽然离福海只有三十八公里的路程,粮食却运不来,大家无计可施,有人建议捕鱼。

人们拿着十字镐,在冰上挖洞,洞刚一挖开,鱼就往上跳,噼噼啪啪,非常壮观,跳上冰面不等打完一个滚就冻僵了,人们只管将鱼往麻袋里装,鱼非常大,麻袋装不下,大家就用肩扛、用手抬。

不到半个上午,人们就运回了上千公斤鱼,堆在帐篷外面的雪堆上,甚是壮观,大家都围拢来看,每个人都是欢喜的,是那种饥饿已久,面对美食的欢喜。

随即,大锅里飘出炖鱼的香味,人们端着碗,挤在锅边,眼巴巴地等炊事员的大勺盛鱼。鱼肉肥美,鱼汤里飘满了黄澄澄的油珠珠,饿了一天的肚子迎来了鲜鱼汤,真美呀。

人们喝了一碗又一碗,鱼反正有的是,吃完再煮。那天,人们着实过了一把瘾,他们围坐在一起,比赛谁吃得快,谁吃得多,那清水煮鱼的美味,天上的珍馐都不换,王母娘娘的仙桃也不换。那晚,人们吃得痛快,吃得酣畅,吃得大汗淋漓,吃得忘记了帐篷外寒风凌厉,忘记了自己身居何地,甚至远方的亲人都抛在了脑后……

鲜美的鱼汤,撩拨着每个人的味蕾、鼓胀了每个人的肚子,也温暖了每个人的心房。人们不停地吃,这群远离亲人,背着各式人生磨难,被抛弃在大戈壁的男人们,被饥饿侵蚀的野人们,在寒风包裹着的帐篷里,在吐着火舌的柴火旁边,在经历了寒冷、劳累、饥饿后,迎来了大自然的美味珍馐,吃着喝着相互倾诉着自己的不幸。帐篷里全是不幸的男人,饥饿了很久的男人突然有了肥美的吃食,发了昏,忘记了无时无处不在的阶级斗争,人们开始互吐衷肠,那鲜鱼的味道呀,实在比最醉人的酒还要醇厚。

那晚,每个人的肚子都是鼓胀的,每个人的梦都是酣畅的。我爸说他梦见回了家乡,在长江清澈的河水里畅游,身边游弋着各种各样彩色的鱼;还梦见了我奶奶,炖了长江鱼等他回家……

第二天,人们从美梦中醒来,拿了缸子到厨房打饭,又打回一缸子鱼汤。昨夜的梦还没醒,只要有鱼吃,苦又怕什么? 累又怕什么? 冷又怕什么? 天天有鱼吃,顿顿有鱼吃,还有什么不满足? 喝完鱼汤,人们又扛起铁锹走进风雪、去修水坝、去和严寒作斗争。

中午,是一大缸子清水炖鱼,晚上还是一大缸清水煮鱼,没有其他任何东西,白面馒头、苞谷粒、水煮白菜,一样也没有,小白菜、灰灰菜、大耳菜,甚至野菜,绿色的东西一片也没有,只有鱼,清水煮鱼,加一把盐,满满的一缸,不限量,吃完还可以盛,能吃多少就吃多少,河里有的是鱼,雪堆上有一大堆冻鱼。

第三天清晨,我爸是被饿醒的,浑身上下没一点儿力气,胳膊、腿都是软软的,他眯着眼问旁边的老吴叔:"今天还吃鱼吗?"老吴叔说:"是吧,还吃! 风没停,路没通,粮运不来,不吃鱼吃什么?"我爸说:"老吴,你说这鱼也不能老吃,我现在连路都走不动了。"老吴叔说:"不光鱼,啥东西都不能老吃,老吃肯定受不了,现在不是没办法吗。"

早上勉强吃了两口,喝了很多水,中午又盛来满满的一缸子鱼,我爸拿着筷子在缸子里搅来搅去,一点儿胃口都没有,喝一口鱼汤,使劲往下咽,差点儿吐出来,这汤怎么就没有前两日鲜美? 再吃一口鱼肉,嚼两下就吐了出来,这白白的鱼肉怎么也没有前两日细嫩爽滑?

我爸放下鱼缸,去找水喝,一气喝了好几碗水,肚子胀得大大的,跑到帐篷外呕吐,快要把苦胆吐出来了,眼泪鼻涕糊得满脸满身,冻在衣领上,硬邦邦的,抬眼看旁边,帐篷内外尽是找水喝、呕吐的人,这新鲜美味的珍馐让所有的人都吐了。

整整折腾了一天，大家都不再理会鱼汤，无力地躺在床上，等待着雪停路通粮食送来。

第四天，人们大多饿得头晕眼花，半死不活地倒在火堆旁，连炊事员也没力气煮鱼了，乱七八糟堆在雪上的冻鱼，瞪着眼睛，人们看得恶心，干脆闭上眼睛，全当鱼不存在。

"拖拉机，拖拉机！"有人声音低沉地喊。

"是拖拉机，拖拉机来了！"大家都在喊，大部分人是在心里喊，饥饿使人们连喊的气力都没有了。

拖拉机来了，老天开眼了，大个的馒头送上来了，每个足有四百克，每人分到五个，人们抱着馒头，不歇气地猛吃。还是馒头香呀，啥山珍海味都比不过这白生生的馒头好吃。

一场吃鱼的风波总算过去了，以后的很长一段时间，提起鱼我爸就反胃，但鱼毕竟是好东西，是味道鲜美营养丰富的好东西，河里又有源源不断的供给，过了一段时间，鱼又成了人们的主要营养供给。

第二年春天，人们的伙食好了许多，每顿可以吃到一个两百克的大馍，还能吃到炒菜，福海的鱼多得不计其数，特别是三四寸长的小白条，一网总有一半以上是小白条，这种鱼卖得很贱，一公斤只需1角钱。

活蹦乱跳的鱼被人们从河里打捞出来，简单地开膛破肚，撒上盐滩在河边太阳地里晒，半干不干时，放进清水煮，或者放在大笼上蒸，吃起来硌牙，但很有嚼劲，这种鱼既有营养又能填饱肚子，是人们的主要菜品，我爸的吃鱼技术就是那会儿练成的。

小白条肉少刺多，刺又细又小，在鱼身上纵横交错，食用时一不小心就会扎破嗓子。

那时吃饭，当然不能和现在一样，将饭菜摆到桌上，坦然地边吃边聊，人们是一人一个缸子，盛了菜汤和鱼，自己找一个地方蹲着吃。小白条每人六条，但大多时间锅里会有剩余，先吃完的可以再盛，于是，吃鱼的速度相当重要，如果不小心被鱼刺卡到，人们就不得不直着嗓子手忙脚乱想办法，比如到伙房偷点儿醋喝下，但醋被看得很紧，很难偷喝到，最好的办法是猛吃一口馍，咽下，那细小的刺会被馍裹住带下去，所以人们都是先吃鱼再吃馍。

为了多吃鱼，又不被刺卡到，只能苦练基本功。没事的时候，我爸就琢磨，舌头该怎么动，牙齿该怎么动，怎么才能以最快的速度三下两下吃完一条鱼，琢磨完就去实践，鱼一天两顿，实践的机会很多，实践完又和其他人交流经验。但无论怎么琢磨、实践，这吃鱼的速度始终比不上其他人，因为其他人也在练习，也想每顿多吃一两条鱼。只有一种方法，可以吃得比其他人都快，这种方法，我爸终于在一天晚上找到了。

美丽的福海水草丰美，除了盛产鱼，还盛产另一种生物——蚊子。初夏，戈壁滩一丝风也没有，福海边茂盛的草木，是蚊虫繁衍生息的好去处。如果有胆量在傍晚到额尔齐斯河边走一遭，而且不用任何防护工具，那他一定会被蚊子吃掉。傍晚的河边，蚊子伸手一抓就是一把，迎面扑来撞着脸疼。一天，我爸和老吴叔被派到河边割草，走迷路了，到傍晚还在河边打转，路过一片草丛时，蚊子蜂拥而起，在他们身边布上蚊阵，遮天蔽日的蚊子趴在他们的身上，钻进他们的衣服，在他们的脸上、身上叮咬。这种蚊子很厉害，叮人时，吸了血的肚子胀得鼓鼓的，好像熟透的红樱桃，透明而闪亮，一巴掌拍下去，鲜血流成片，被叮的部位立即起一个大包，痛痒难忍。

我爸特别怕被蚊子叮，只要被叮上，全身过敏奇痒。那晚，我爸和老吴叔在蚊阵里眯着眼睛猛跑，幸而没有跌到水坑或草丛中去，跑出蚊阵，跑到驻地，他俩面目全非了，脸肿得像大南瓜，眼睛只有一条缝。那个奇痒啊，让人要生不得，欲死不能，痛苦到了极点。一阵子，我爸以为自己要死了,渴望立即死去,死了,奇痛奇痒的痛苦就能解脱,被人冤枉的痛苦就能解脱。我爸没有死,卫生员从河边拔来艾草捣碎,敷满了他们全身,慢慢地痛痒减轻了许多。

按理,怕蚊子和吃鱼没什么联系,硬要往一块搁也比较牵强,但我爸吃鱼技术的提升又确实和怕蚊子、躲避蚊子分不开。

在蚊虫的世界,人要生存,防护是首选。蚊子白天大多躲在草丛里,傍晚才倾巢而出,汹涌扑来。驻地是临时的,在哪干活儿就在哪搭帐篷,大小便都在野外,要方便时,事先在戈壁点燃一堆火,然后在火堆上盖湿草,湿草遇到烈火,冒出呛人的烟,以此驱散蚊子,解决问题。人们白天劳动,到了傍晚,无论天气多热,都长衣长裤,头戴纱布作头罩,回到驻地,先把蚊帐里的蚊子赶走,再去伙房打饭。先把一缸子菜汤一个馍六条小白条放进蚊帐里,再爬进去盘腿坐好吃饭,整晚都不离开蚊帐。

躲在蚊帐里干什么呢?没有书报读,没有收音机听,电视、网络之类的东西更没听说,除了跟旁边的人吹牛以外,人们有了大量的时间想问题。问题想来想去没什么结果,不如苦练吃鱼的本领,先将鱼摆在一边,假设正在吃鱼,手和嘴协调地配合,舌头和牙齿巧妙地动作,反复练习,感觉差不多了,就拿起一条鱼实践,然后再琢磨。有一次,我爸不小心打翻了缸子,汤全倒在被褥上了,他看着湿漉漉的被褥,心里充满了懊丧。

我爸躺在湿被褥上,习惯性地练习吃鱼,就那么一下子,成了,舌头和牙齿的感觉来了,一搅一拌一顶快速出刺。

再比赛时,我爸左手抓鱼尾,右手抓鱼头,右嘴角进鱼,左嘴角出刺,一条鱼在嘴边一划拉就刺肉分离,肉咽进肚,刺吐到地上。当然这只是大伙儿能看到的,嘴里面的功夫别人看不到,包括牙齿和舌头怎样配合,怎样准确刺肉分离,特别是细小的毛刺,毛刺最可恨,也最难剥离,舌头怎样打转、牙齿怎样动作,都是有讲究的。

这嘴里的讲究是我爸在实践中练出来的，是一整套习惯性的动作，无法用语言说出来、文字写出来，因此当别人问他怎么吃的时候，他就瞠目结舌起来。一次，我爸说他最好的朋友问他快速吃鱼的方法，我爸拿着一条鱼示范，怎样抓鱼，怎样放进嘴，怎样吐刺，可舌头和牙齿怎样配合就说不清楚了，朋友以为他保守，不愿意讲给别人听，为此还跟他绝交。

凭借高超的吃鱼技术，我爸常常比其他人多吃到一份鱼，这对当时从事超强度体力劳动的人来说相当重要，让我爸有较强壮的身体度过那些艰难的日子。

我长到五六岁的时候，日子不似我爸描述的那般艰难，老吴叔每年夏天把福海的鱼拉到夏子街叫卖，夏子街人也能时常换换口味，品尝到"海"的美味。

起初不让卖鱼，老吴叔偷偷来，夜里来，拉来的鱼卸到我家，由我外婆、我妈一家一家送，收到钱再交给老吴叔。后来，老吴叔正大光明来，成为全夏子街最受欢迎的人，我家也经常有鱼吃。再后来，又有几个年轻人做起了贩鱼生意，老吴叔不常来了，却常托人带来咸鱼干，虽然住在戈壁滩，但是我家也常常有鱼吃。

第三章　与狼为邻

一

夏子街的人家大多聚在一起住,几十户人家,以俱乐部为中心,东边三排房,西边三排房。

聚在一起住,串起门来方便,前排房的人到后排房子串门,也不用从房头绕大圈,有后门的走后门,没开后门的人家从后窗跳出去也可以。

聚在一起住,聊起家常来也方便。一个说:"我在后窗看到那家丫头怎么怎么地。"另一个接话:"是哩,是哩,那丫头就是疯。"两人说的肯定是同一个人,不会错,总共就那么几户人家,相互熟悉得很。

聚在一起住,说话也方便,串门也方便,谁家有个好吃的好看的好玩的,炫耀起来也方便。就连小孩子扎堆玩儿也方便,前排房有人喊:"快出来,玩猫猫虎了!"后排房的孩子也都跑过来玩。不仅后排房,有时全夏子街的孩子都聚在小广场一起玩,跟学校开大会似的。

大家都聚在一起住,都方便,唯有何胡山家不方便。何胡山家离俱乐部有两三公里远,在夏子街的东南方。

何胡山家干啥都不方便,孩子上学不方便,买个油盐酱醋不方便,想找个人说话也不方便,可是他家就是不搬到连队来跟大伙儿聚在一起住,就愿意一家人孤零零住在戈壁滩上。

何胡山家喜欢圈地,房子用土围墙圈起来,羊圈牛圈鸡圈用土围墙圈起来,打一眼水井用土围墙圈起来,种几棵菜、栽几棵树也用土围墙圈起来,远远看去何胡山家就是一个又一个土围墙围成的圈。

戈壁滩反正大得很,无边无际的,他家想怎么圈就怎么圈。

全夏子街的人,不管大人孩子都管那片戈壁滩叫"何胡山家"。

土围墙不仅夯筑得高,上面还插着铃铛刺,还插着玻璃碴。一次,我爸带我去何胡山家玩,我看他家空荡荡的,柳条筐是没底的,铁锹把子是断的,锅台黑漆漆的,拿只碗去水井边接水喝,碗也是豁口的。我问:"他家干吗盖那么高的围墙,防小偷?"

我爸说:"防狼!戈壁滩狼多,狼吃羊也吃人。"

二

何胡山家和连队隔着一块农田、一条水渠,还有一道防风林。农田种什么不固定,去年种瓜,今年种菜,明年也可能种小麦、苞谷、蓖麻、向日葵,有时候一半种瓜种菜,一半种粮食。不管种什么,我们都喜欢往那块地跑。种瓜时，我们偷西瓜甜瓜吃；种菜时，我们偷黄瓜西红柿吃；如果种的是苞谷，等长成了直接在野地里点堆火烧着吃，那才香呢。

吃饱了，我大姐、二姐都会去何胡山家玩。何羊是大姐的同学，何燕是二姐的同学，他家还有两个哥哥何马、何牛，还有一个我的同学何雀。

他家孩子的名字真好玩，男孩叫马牛羊，女孩叫燕雀。

我有时跟着大姐去何胡山家，有时跟着二姐，有时我们三个一起去。一开始，我们在何胡山家玩儿，就是从这个圈跑到那个圈，何胡山叔叔不让我们离开圈，他说："就在圈里玩，外面有狼，狼吃小孩儿。"后来，我们不那么乖了。何马说："狼不敢吃小孩儿，狼怕人。"

我们就不愿意待在圈里玩了。

我们愿意跑去戈壁滩玩。

我们一直往北跑，北边有一个水库，水库边上是一大片牧场，叫作人工牧场，人工牧场开垦了一片农田，种苞谷、小麦和棉花，未开垦的土地长满了野草，是放牧的好去处。

我们一直往东跑，东边是一座平顶山，雨量充沛的年月，山顶山脚也能生出许多野花野草。牧人把羊群赶到山脚下，就让羊群自己吃草，牧人则山上山下挖大芸、挖头发菜。

我们再往南跑，跑了很久就只看到红柳、梭梭柴和芨芨草，更远的地方也是红柳、梭梭柴和芨芨草，看不到新鲜的东西，我们就不爱往南跑了。

一次，我跟着何羊、何雀一起往东跑，爬上了平顶山。山顶平展得能踢足球，我们拿石子当足球踢，石子"咕噜噜"滚下山坡，在半山腰被一块红色的山岩挡住，跳上红色山岩，呀，四周的颜色真好看，有红色、黄色、黑色，还有紫色和橙色，还有各种色彩相间相叠、相依相伴，单一个红色也是不一样的，粉红、浅红、深红、褐红，各式各样的，颜色深深浅浅的岩石真是好看。

我六岁，才是一年级的小学生，也还数不清一共有几种颜色的石头，反正比彩虹的颜色还要多一样两样呢。

我们高兴得不得了，从这块石头跳到那块石头，又从石头上跳下去。突然，何羊问："看，山顶上是什么？"我们赶紧回头看，山顶有一只大狗正朝我们看呢，我问："谁家的狗？"何羊大叫："狼！快跑！"

我们就赶快跑，跑得比风还要快，也不敢朝四周看，也不敢回头看。何雀被石头绊倒了，是脸着地的那种倒下，牙齿磕在石头上，流了好多血，也来不及哭，也来不及喊疼，何羊拉起何雀接着跑。

奇怪的是，狼没有追来，狼就站在山顶望着我们，比一座雕塑还要稳当。

后来，何胡山叔叔说："幸亏你们离狼窝远，幸亏母狼刚生了狼娃子，不抓小孩子，要不然你们就都被狼吃了！"

"为什么母狼生了狼娃子就不抓小孩了？"我奇怪极了。何胡山叔叔根本不愿意搭理我，他瞪了我一眼，低着头，背着手，走了。

何马牵马送我回家，我坐在马背上乐悠悠的，却没忘记问问题。何马说，平顶山上有一个狼窝，母狼刚生了狼娃子，怕人抓狼娃子，就不在附近捕食，也不吃羊，也不吃小孩儿，狼想跟人和平相处呢。等狼娃子长大了，能跑了，就不一定了，狼肯定会追上你们，抓你们给狼娃子当零食吃。

我妈知道这件事后，脸都吓白了，关了我足足两天禁闭，还命令我姐一下课就带我回家，还不许我们去何胡山家玩。何燕、何雀到我家来喝杯水，我妈也唠叨："好好在家待着，不能跑戈壁滩。""女孩家家的，不好好读书，不读书学做鞋做针线也可以，可不能乱跑乱闯，没个女孩样。"我妈还吓唬我们："狼一口能吃掉一个小孩。""狼吃小孩骨头渣都不留一块。"

何燕、何雀不爱到我家来了，但我还是非常想去她们家玩，放学后去不了，星期天去不了，我就逃学去何胡山家玩，在圈里玩得不耐烦了，又跑去戈壁滩玩，向东边跑时，只跑一会儿，远远望见平顶山就不敢跑了。

三

我到何雀家玩,有时碰到何马,有时碰到何牛,但从没有同时碰到他们俩,因为他俩要轮流去戈壁滩上放羊。

我比较喜欢何牛,何牛从戈壁滩回来,从不空着手,宝贝都藏在马褡子里,我和何雀爱站在院门口等何牛,远远听到羊欢狗叫了,远远看到尘土飞起来了,我们就迎上去。何牛就把我们抱上马背,牵着马慢慢走回家。

我们坐在马背上,一点儿也不老实,一人抓牢马缰绳,一人弯下腰去掏马褡子。有时掏出一串野葡萄,一会儿就把我们的嘴变成紫红色;有时掏出一袋野沙葱,辣得我们稀里哗啦;有时是奶角角、野石榴。最厉害的一次,何牛挖了好些野大葱,马褡子里放不下,马背上还有一大麻袋,那次何牛送我回家,也给我家带了好些野葱,我妈可喜欢了。

何牛用自行车送我回家,何雀坐在前面车大梁上,我抱着野葱坐后座。

何牛说:"今天我碰到狼了。"

"你不怕狼吃你吗?"我问。

"我哥不怕,我哥可厉害了。"何雀无比自豪。

何牛说:"哥怕,哥也怕狼,狼吃人呢,可是今天狼没追我,也没追羊,就远远看着,看了一会儿就走了,今天狼不饿,饿狼才可怕。"

何牛挖完野葱,心里特别高兴,他急着追赶羊群,羊群在山沟里吃草,两只牧羊犬看着,万一碰到狼可就惨了。

何牛骑在马背上,四处眺望,他远远看到戈壁滩梭梭丛中有一堆白色的东西,麻白麻白的,很像冬天里的梭梭,剥了皮的梭梭裸露着就是麻白的,可现在是初夏,梭梭早返青了,那堆白东西是什么?何牛催马快跑,想看个究竟,可马背上野葱太多,马跑不快。

那白东西站起来了，马突然两蹄腾起，对天长啸，差点把何牛掀下马背，野葱掉了一地。何牛赶紧抓牢马缰绳，那白东西已经在眼前了——一只白狼。何牛第一次和狼那么近距离地对视，三十米，不，二十米都不到，何牛清楚地看到狼的眼睛是棕黄色的，狼麻白色的鬃毛被戈壁风吹着跟油亮的缎带似的。

白狼坐在地上，前肢立起，表情悠闲，姿态优雅，像是来谁家做客的绅士，单等女主人递上刀叉，就能开饭了。

何牛以为狼会有所动作，袭击人或者袭击马，至少跑去山坡下袭击羊群，可是狼什么也没做，就坐在那里，望着他，望着马，望了一会儿，站起来走了，消失在山坳里了。

狼不吃羊，也不吃人，还能叫狼吗？我有点儿失望，觉得不过瘾，就缠着何牛再讲讲狼的故事。

何牛还见过狼和牛打架。

何家养一大群羊，又养一大群牛。

绵羊脑子笨，不知道保护自己。狼来了，有的绵羊不会跑也不会躲，就站在那里任狼咬。牧人最心疼羊了，羊走到哪里，牧人就跟到哪里，牧羊犬就跟到哪里。相比之下，牧人都不太爱搭理牛了，牛群在水塘周边吃草，牧人也不管，牛群走到更远的地方寻找新的草场，牧人也不管。每隔四五天，牛群自会回水塘喝水，牧人给喂一些苞谷、大豆，又任由它们走到更远的地方吃草。牛群行走的范围很大，常常走到一二十公里远的地方，甚至二三十公里远的地方吃草。

牧人说："牛比狼大，狼来了，牛群自己能对付。"

牛群是个有组织有纪律的大家庭，白天吃草有组织有纪律，公牛走在前面，母牛跟在后面，小牛不离妈妈的左右；晚上睡觉有组织有纪律，牛群在平坦的沙地上卧成一圈，小牛在圈里，老牛在圈外，还有一头公牛做警卫;对付狼一样有组织有纪律,狼来了,公牛立即围成一座城,这座城坚不可破,把母牛和小牛牢牢保护起来,狼怎么也突破不了那座城。

狼奈何不了有组织有纪律的牛群,专找老弱病残下手,专找无组织无纪律的脱离集体的小牛下手。比如一头牛病了,走不动了,落在牛群后面了,容易被狼袭击;比如一头小牛,喜欢想心事,觉得自己长大了,离开牛群单独走了,也容易被狼吃掉;再比如一头小牛吃饱了,自己跑到红柳丛梭梭柴边睡觉,狼悄悄靠近小牛,两口三口把小牛咬死。

在戈壁滩,牛要想从小牛活成大牛,要想活到结婚生子,第一不能自个儿乱跑,不能想太多心事;第二要时时提高警惕,吃饱了也要待在妈妈身边;第三病了就赶紧自己找草药吃,赶紧治病。

那天,牛群回水塘喝水,何牛站在地窝子边等着给牛喂饲料,左等牛群没来,右等牛群没来。这是少有的事,牛身上有生物钟呢,牛群总是按时按点回到地窝子边吃饲料。何牛就骑着马去找牛群,他看见牛群正浩浩荡荡跑回水塘,不是通常的稳稳当当,不是慢慢地溜达踱步,而是冲回来了,那阵势大极了,烟尘四起,像是将军一声令下,士兵奋不顾身冲锋陷阵一样。

下令的将军是两头小牛犊,小牛贪玩,喝饱了水,还想洗个澡,洗澡不算,还斗嘴耽误了行程,被两只狼堵在了水塘,小牛哞哞呼唤救命,牛群听到立即返回,就跟听到将军的号令一样。

何牛赶过去刚好看到牛群摆下的阵势,牛群迅速围成圈,公牛在外圈,它们一律低着头,尖利的角直冲狼,公牛把小牛严密地保护起来。

在牛群和狼的对峙中,牛群具有明显优势,两只狼毫无可乘之机。何牛也来帮忙,何牛对着狼又吼又叫,马对着狼又嘶又踢,牧羊犬对着狼又赶又吠,狼灰溜溜地走了。

这是一个狼落败的事情,是一个狼没有得到食物的事情,我突然有了一些奇怪的感觉，我坐在何牛的自行车后座，抱着野葱，突然就觉得自己是一只小狼，一只饥饿了很久，正在寻找食物的小狼。我饿极了，我撒开双手，野葱撒在路上也不管，我一把抱住何牛伸过来抓野葱的手臂，狠狠咬下去。何牛惨叫着，松开车把，自行车连同何牛连同何雀一起倒下，野葱更是满地都是，翠绿的葱叶上映着鲜红的血。

何牛捂着胳膊，大呼小叫。他把我从地上揪起来，又推又搡，厉声问我怎么了。我不哭，我悠悠地说："狼饿了，应该让狼吃东西。"何牛奇怪地望了我半天："疯了！这丫头疯了，被狼上身了。"

也不知道何牛、何雀是怎么把这事说出去的，反正，第二天，很多人都知道我被狼上身了。我站在小广场上，听到同学议论我的声音："她站在狼那边，她想让狼吃羊也吃人，她是狼派来的奸细。"还有人冲我喊："狼崽子！狼崽子！"我不理他们，我冲他们露出牙齿，像一只真正的小狼。

我爸妈也知道了，我妈带我去卫生所，医生给了些白药片，我先假装吃了，压在舌头底下，我妈走后，偷偷吐掉了。

只有我外婆相信我，外婆杀了一只小鸡，煮了，悄悄叫我一个人进屋，连我弟也没叫。我外婆说："春娃要吃肉，吃饱了就好了。"

我嚼着鲜嫩的小鸡，突然就不那么饥饿了。

四

狼奸细事件还没过去，就又传来了狼吃羊的事。

那天，天气好极了，蓝蓝的天空白云飘，白云下面马儿跑，风轻轻，云淡淡，羊群安静极了，何牛无聊极了，他不想骑马了，他坐在一片沙地上，渐渐睡着了。

一觉醒来，何牛看看天空，天上有两只鹰翱翔，何牛看看四周，羊群安静地吃草,红柳枝动都不动一下。

何牛又睡着了,过一阵子再醒来,太阳快落山了,西方半边天红起来了,照得大戈壁也红起来了,白色的绵羊变成了红色的绵羊,黄狗成了橙狗,红柳的枝叶像镀了一层金箔,闪闪发光,那些绿色的野草,也都闪着金色的光芒。

天空的云一开始亮堂堂的,一会儿就淡了,再一会儿就变成了灰色,变成了深灰色,天快黑了,何牛赶快赶着羊群回家。

羊群和平常一样,被人赶着走,被狗撵着走,走一阵子又咩咩叫一阵子,很快就到家了。何胡山叔叔出门接羊群,他每晚都亲自把羊群关进羊圈。

何胡山叔叔看见羊群就惊叫:"怎么少了那么多羊?"

何牛很奇怪,何牛看看爸爸又看看羊群,何牛说:"不会呀,今天羊群安静极了,一直在吃草,狼又没来,羊怎么会少?"

何胡山叔叔生气了,气得嘴角上的胡子一翘一翘的,气得头上的白帽子一跳一跳的。何胡山叔叔吼:"还没少?至少没了三十只,三十只羊啊!你小子是怎么放羊的?"

何牛这才感觉到羊群比早上放出去时小了很多,他赶紧数羊,少了23只羊。早上放出去了213只羊,现在只有190只。

何牛也急了,他赶紧把190只羊圈进羊圈,拿上手电去追父亲。

何胡山叔叔去戈壁滩找羊了。

天黑乎乎的,先前的红色、橙色、灰色全都不见了,现在只有黑色,星星在黑色的天幕上闪光,戈壁风在黑色的空气里打转,红柳看不出是红色的,铃铛刺没开粉色的花,马兰花的花朵也不是蓝紫色的。

何胡山叔叔可没工夫看红柳看铃铛花看马兰花,它们是什么颜色也不关何胡山叔叔的事。何胡山叔叔的脚步又忙又乱,呼吸又急又促,何胡山叔叔呼唤羊群的声音在夜风里窜来窜去。

何牛打着手电,跟上父亲的呼唤声。在一个山沟沟里,何牛看到两只羊,一只羊被咬断了脖子,喝干了血;一只羊脖子还在流血,也还有一点儿呼吸。

父亲的惊叫声一次又一次地传来,何牛顺着山沟沟一直往前跑,一会儿碰到一只死羊,一会儿碰到一只死羊,再一会儿两三只羊躺在一起。

何牛来不及确认羊死没死,打着手电磕磕绊绊在山沟里跑。

何牛一个劲儿地恨自己,怎么能犯这么大的错误,牧羊人也当了三四年了,放牛放羊也算老把式了,可23只羊,那么大的一群,什么时候走丢不知道,什么时候碰到狼也不知道,这个错误是不能原谅的,即使大家能原谅,何牛也不能原谅自己。

何牛没命地在山沟里跑,碰到的死羊也有十几只了,还有十几只羊呢?难道都被狼咬死了?

何胡山叔叔在黑夜里听到羊群呼哧呼哧的喘气声,一群羊正卧在山脚下的红柳堆前休息呢,一点儿没有惊慌的样子,一点儿没有被狼群追赶过、有杀身之祸的样子。

可是狼在哪里?狼去哪儿了?影子也没有。

何胡山叔叔看到羊群,大大舒了一口气。何胡山叔叔也不骂何牛,他说:"骂你能让羊活过来?有能耐你小子去把狼抓回来!"

<h1 style="text-align:center">五</h1>

何牛整天想着打狼报仇,四处打听狼的消息。

一只狼拖着铁夹,被牧人逼进一个山坳,三面环山,后有追兵,狼想爬峭壁翻山而逃,可山势陡峭,狼伤势又重;狼想冲出重围跃马而过,可人喊马嘶,气势如虹,狼无处可逃,又不愿束手就擒,它一头撞向石壁,一声闷响,狼脑袋变成模糊的一团。

一只狼伤势较重,与一匹高头大马搏斗,狼一口咬伤马嘴唇,马惊得长嘶,腾起前蹄,一脚踏倒狼,又一脚踩破狼肚子,狼没有马上死,挣扎着起来,向前走了十几步才倒下。

何牛说打狼的故事,说狼的悲壮,狼的凄惨,连说带比画,听得我和何雀心惊肉跳,我俩就嚷着不许何牛再说,可何牛不理我们,继续说得津津有味,何牛说,等他找到了吃羊的狼,也要好好收拾狼。

何牛骑着马,跟着何胡山叔叔走了,同行的还有老马叔。

老马叔有一整套跟踪狼,置狼于死地的办法。老马叔打死过二十只狼。

老马叔收了何牛做徒弟,教何牛辨认狼脚印、狼粪便,教何牛使用铁夹、套马绳,教何牛如何把狼变成一件暖和的狼皮袄。拥有一件狼皮袄是每个牧人的心愿,也是每个牧人的骄傲。

戈壁滩极少见到成群结队的狼,戈壁狼圈地为王,一片戈壁滩一般只能养活一只狼或者狼的一个家庭。

戈壁滩食物少,戈壁狼的肠胃里大多掩埋着戈壁鼠、四脚蛇及昆虫、野花野果的混合物。如果能捉到黄羊和野兔,甚至狐狸,对于戈壁狼来说便是饕餮盛宴了。

相比奔跑速度快的黄羊,绵羊是狼最欢心的食物。狼偷袭羊群,与牧羊人斗智斗勇,时间长了,狼认识牧羊人,老牧羊人也知道狼。

那年,何胡山家附近有两个狼窝,东边平顶山有一窝,南边大戈壁滩有一窝。

老马叔分析,应该不是附近的那两窝狼干的事,那两窝狼都下狼崽子了,狼崽子没长大之前,母狼一般不会袭击羊群。养育狼崽子的母狼饿急了才会捉一只两只绵羊填肚子,但不会咬死那么多羊。

老马叔说,嫌疑犯应该是一只孤狼,孤狼喜欢在人工牧场附近游荡,人工牧场有农田,有牛羊,更有黄羊、野兔、呱呱鸡。

他们在人工牧场下夹子。他们把一只死羊放在水边,在死羊周边下了一圈夹子,狼来喝水来吃羊肉,只要靠近就能被夹上。

第一天,一只秃鹫从天上发现了死羊,飞下来吃肉,一些乌鸦也飞下来争食,狼没有来。

第二天,死羊只剩下一半了,飞下来的老鹰、秃鹫、乌鸦更多了,狼还是没有来。

第三天,死羊只剩下一副骨头架子,人工牧场依然没有狼的影子。

他们又换了一些地方下夹子,在水源边,在黄羊出没的地方,凡是老马叔能想到的地方都下了夹子。

又一个下午,老马叔和何牛骑马巡视夹子,一个夹子没了,从脚印和铁链的拖印看,有狼被夹了。老马叔说:"好大的一只狼。"

狼血残留在戈壁滩一片草丛间,草丛茂密,看不见狼的影子,铁链暴露了狼的位置。

人们不敢轻举妄动,他们守在草丛外,商量打狼的办法。何胡山叔叔要坚守:"等几天,饿死它个龟孙。"老马叔则要进攻:"咱三个,还怕打不死狼?"

争执不下时,风起草动,狼一跃而起,向着何牛直扑过来,一口咬住何牛的腿,何牛惊叫倒下。老马叔一个箭步冲上去,利刀刺进狼肚子,划了一个大口子,又把刀刺进了狼心脏,这一刀是何胡山叔叔补的……

何牛几近窒息,甚至感觉不到疼痛,甚至感觉不到自己活着……

后来,何牛奋不顾身与恶狼战斗的故事在我们那一带广为流传,何牛也愿意一遍一遍讲狼如何咬死了他家的羊,他如何找狼打狼的故事,每一遍都有升华,最后演绎到他只身前往大戈壁,与正在吃羊的狼奋勇博斗,一举杀死恶狼。

我至今都记得何牛腿上打着石膏，浑身裹着绷带，兴致勃勃讲故事的样子，阳光恰好照在何牛脸上，也照在一件狼皮褥子上，狼皮泛着油亮亮的光，只有三条腿。

六

我和何雀玩的时候，通常没大人管，何婶看到我上气不接下气跑进院子，就跟看到一只小狗跑进院子一样，有时给我一点儿吃的：一块苞谷面发糕或一个野菜团子，有时看都不看我一眼，只顾忙自己的。

我们在菜园子的胡杨树下搭了一个草棚，棚顶是树枝，四周用旧床单围着，棚里堆满了干草。为建设我们的"家园"，我和何雀没少费工夫。

我们不让小狗进我们的棚，也不让小鸡进我们的棚，连麻雀都别想进来。菜园里总有狗呀鸡呀鸭呀跑来跑去，也总有麻雀乌鸦飞上飞下。

我们在凉棚里玩过家家、玩羊髀石、玩翻绳子，也讲故事、说悄悄话，有时候玩着就都睡着了。

有一天，我们在草棚里做着梦，那是在太阳西下，快要天黑的时候，何牛来找我们，他掀开草棚，一手拎起何雀，一手拎起我，像拎两只小鸡崽。

我俩都迷迷糊糊的，身子软软的，走路也不稳，踉踉跄跄，随时都要倒下去的样子。

可是何牛只说了一句话，何雀就一下子醒了，眼睛也睁圆了，腿脚也利落了，挣脱何牛的手就跑了。

何牛说："何马回来了。"

何雀一下子蹦到何马脖子上，准确地说，是何马举起何雀，放到脖子上。何雀抓何马的头发，揪何马的耳朵，那笑声把树上的麻雀都吓跑了。几只蝴蝶却是不怕人的，在太阳花上翩翩起舞，好像何雀的笑声是动听的音乐,音乐响起,它们就应该跳舞似的。

何马平时在山里放羊,十天半月才回家一次,换身衣服,带些粮食又回到山里。

我很少见到何马,自然无法蹦到他脖子上去,兄妹俩又笑又闹又亲热的时候,我注意到墙根有一只小狗。

小狗和我吃饭时坐的小板凳差不多高,和何雀家的母猫丽丽差不多大,小狗的尾巴短短的,眼睛又圆又亮,趴在墙根不动也不跑,只是用惊恐的眼神望着我,望着笑笑闹闹的何家兄妹,望着一个陌生的世界。

我伸手就把小狗抱进怀里,它在我怀里又扭又叫,一点儿不喜欢我抱。

小狗的叫声是短促的"嗷嗷嗷"而不是"汪汪汪"。

我说:"呀,小狗怎么这么叫?真奇怪。"

何马说:"不是小狗,是小狼。"

我一惊,手一松小狼摔到地上,小狼"嗷嗷"叫的声音更大了,这次连母猫丽丽也吓跑了。

何马在山里放羊,一起放羊的还有个叫二孩的同伴。他们白天放羊,下夹子捉黄羊野兔,挖野葱拔野菜。捉到黄羊野兔就一起吃肉喝酒唱歌,什么也没捉到,就用野葱野菜煮面条吃。

有时候哈萨克族牧羊人、蒙古族牧羊人骑马路过他们住的地窝子,也留下来。母羊产羔哺乳的季节,何马就去抓一只母羊,挤羊奶煮奶茶招待客人。

一次,来了一个蒙古族老牧人,奶茶喝得高兴,就要给何马送礼物。何马不肯要蒙古族老人的东西,腰刀不要,奶疙瘩也不要。大戈壁滩见到一个人多不容易,一壶奶茶不算什么。

后来,蒙古族老人从马背上取下一只麻袋,打开一看,是四只小狼。蒙古族老人说:"一窝小狼都给抓来了,送何马一只。"

何马收下了小狼,他早就想捉一只小狼养,想看着狼长大。

何马不敢把小狼留在地窝子里,如果母狼寻着味找来,羊群就要遭殃了。何马也不敢把小狼直接送回家,如果母狼找到家,家里的羊也要遭殃了,不仅羊遭殃,鸡也遭殃,人也遭殃,母狼的报复性很强呢。

何马连夜骑马把小狼送到十几公里外的表哥家寄养,两周后才敢把小狼带回家。

过了没几天,我又去何雀家玩。小狼躺在屋角,眼睛闭得紧紧的,怎么弄都弄不醒,我用木棍捅它也不醒,用苍蝇拍打它也不醒,我问:"小狼死了吗?"何雀说:"它睡了,小狼可能睡了,吃了睡,睡了吃,像只小猪。"

过一会儿小狼醒了,何雀给小狼喝羊奶,小狼跟何雀可好了,何雀抱它也可以,摸它亲它也可以。小狼还伸出舌头舔何雀的脸,舔得何雀咯咯笑。

我羡慕极了,也想摸小狼抱小狼,何雀就让我拨拉小狼的耳朵侧边。何雀说,小狼最喜欢人拨拉它的耳朵边,可是我一伸出手,小狼就冲我龇牙,冲我"嗷嗷"叫。

何雀说:"癞皮狗跟你不熟呢。"

"什么?你管一只狼叫癞皮狗?"我奇怪极了。

何雀说:"我们当小狗养呢,妈妈说不能让人知道我家养狼了。"

然后,我就经常往何雀家跑,小狼也渐渐接受了我,让我抱它,也让我捏它的耳朵,也喜欢我用手指给它梳毛。给小狼梳毛的时候,它很舒服的样子,用身子轻轻地蹭我,发出一种奇怪又欢快的声音。

一天傍晚,小狼不吃也不喝,就是懒懒地蜷着,鼻子上满是汗滴。小狼生病了吗?何雀去问爸爸,爸爸忙着给菜地浇水;何雀去问妈妈,妈妈忙着打扫羊圈。我俩决定带小狼去卫生所看病。

我俩给小狼裹了件衣服,抱着小狼偷偷地跑出家,穿过黑乎乎的蓖麻地、苞谷地,跳过水流湍急的渠道,到达白杨树林的时候,我俩累了,坐在树下休息。

我俩走得急,忘记带手电,树林黑漆漆的,一阵风刮来,树枝响、小草响、铃铛刺丛响、红柳堆响,它们是怎么响的,我完全不记得。因为它们所有的响动,都比不上一只猫头鹰的夜嚎。

漆黑的树林发出一阵猫头鹰凄惨的嚎叫,我和何雀顿时毛骨悚然,拔腿就逃。逃出很远才发现小狼还留在树下,又跑回去抱小狼。好在小狼生病呢,待在树下没动。

卫生所挂着铁将军,我俩又敲钟大夫家的门,钟大夫只看了一眼小狼,就大吼起来,吼得隔壁邻居都来了。

人们围着我俩吵吵嚷嚷。

钟大夫说:"两个女娃抱着狼崽,胆忒大。"

张家外婆说:"小狼是祸害,母狼找来,大伙儿都要遭殃。"

老李叔说:"狼养不到家,早晚是祸害。"

二孩叫嚷着:"拿来,我为民除害。"说着就扑上来抢小狼。我和何雀大哭大叫,死命地把小狼护在怀里,可是我们哪里是二孩的对手,小狼顷刻间就到了二孩手中,二孩把小狼高高举起,就要摔到地上,小狼"嗷嗷嗷",叫得又凄惨又可怜。

这时,一只大手抓住二孩的手臂,另一只手抢过小狼。我抬头一看,嘿,是我爸。我爸说:"小狼是我养的,保证没问题。"

我爸虽然不是连长、指导员,但我爸读书多,好帮人,在连队里也有一定的威望。大伙儿听我爸这么说,就都不说话了。但我知道,他们心里都在嘀咕,这嘀咕紧跟在我爸、我和何雀三人的身影后。

以后的几天,我家的邻居都早早插了鸡圈的门,拴了猪圈的门,关了兔子圈的门,顶了自家的门,小孩子早早被父母吼上床,不许出去玩猫猫虎,不许去树林疯跑,更不许拿张席子睡到屋顶上去。

连队的夜静极了，风吹动树林的声音也能听得一清二楚，乌鸦在夜里鸣叫也让人心惊胆战，东边的狗汪汪叫了几声，西边的狗也汪汪应和几声，我妈就说："该不是母狼找来了。"我爸出去转一圈，回来说："今天不会来了，睡吧。"

只有我外婆不怕，我外婆给我们讲"狼来了"的故事，我外婆说："那个好说谎的孩子大声喊狼来了，狼来了……"我们就笑着叫着"狼来了，狼来了……"

大伙儿不信在家养狼不会招来母狼，一只小狼就是一颗炸弹，随时引爆的炸弹。

老李叔抓过一只小狼，母狼天天站在树林边嚎叫，搅得人吃不好饭，睡不好觉，直到把小狼交还给母狼。

老刘叔抓过一只小狼，母狼来找小狼，跳进羊圈，引起羊的踩踏事件，一次死了100多只羊。

老马叔一次打死了七只小狼，公狼三番五次来报仇，一年咬死老马叔家29只羊。

二孩抓过一只小狼，拿到家里打死吃肉，那年二孩家灾祸不断，二孩家的猪莫名其妙死了，案子一直没破；二孩爸骑马摔断了腿，从此成了瘸子；二孩弟被两只狼袭击，差点儿丢了命。

大伙儿吃过不少小狼的苦，一只小狼是一场未知的灾祸，何家肯定是跑不了，我家也很危险，还有谁，谁家的鸡鸭猪狗要遭殃？

人们都在猜测，都在等待。

全夏子街的人都在等待，小孩子不能出门疯跑，他们支着胳膊趴在窗台上等；大人们早早收工，聚在八仙桌旁等；牧人裹着羊皮袄住进了羊圈，一刻也不敢离开羊群；几个半大小伙儿自愿组建打狼队，他们三五成群，一会儿去敲敲刘家的窗，一会儿又去推推李家的门，神秘兮兮地说些什么。在我们小孩子眼里,他们哪里是在巡逻,简直就是过大节,威风得一塌糊涂。于是,小孩子也都盼着快快长大,够资格加入打狼队。

十天过去了,何胡山家平安无事。

半个月过去了,我家平安无事。

一个月过去了,全夏子街平安无事。

我家的大门打开了,邻居家的大门也打开了,大人们又开始串门。打牌吹牛的,纳鞋底聊家常的,端着饭碗走东家串西家的,一堆一堆聚在一起,树林里又有孩子的笑声了。

我被禁足了很长时间,我爸让我姐看住我,白天也不让我去何雀家。后来,我从何雀那里得知小狼还活着,何胡山叔叔也不敢立即杀死小狼,他要确定母狼不会找过来,要等一切都平安无事了再处理小狼,何胡山叔叔到铁工房打了一只铁笼子,把小狼关起来了。

我逃课了,我姐不知道,何雀也不知道,我跑进何雀家,院门敞着,院内只有鸡在树下刨来刨去,只有麻雀在树上飞来飞去,连看门狗都不知道哪去了。

柴火垛前放着一只铁笼子,老粗的钢筋,下面垫着水泥块,上面压着两块水泥块。

那笼子连一只鸟都别想飞出去。

小狼蜷曲在笼子里,快快着不动。

我快速跑过去,把一块羊肝丢进笼子,轻轻地叫:"癞皮狗,癞皮狗,吃饭了。"小狼一口就吞下了羊肝,吃完又冲我叫。可是我只带了一块肉,我没想到小狼饿了很久了。

小狼冲我嚎叫,眼睛直盯着我,我伸出手想摸摸小狼,伸到笼边又缩了回来,小狼眼睛里流露出的光让我不敢靠近。

我想:"也许,我爸妈是对的,狼是养不熟的。"

第四章　勇敢的伙伴

一

　　夏子街的房子是一排一排的,每家一间正房,偏房和小门房都得自己垒。

　　垒小门房,大人做大工,和草泥、垒土块、上房梁;小孩做小工,抬水搬土块外加玩泥巴。一家垒房子,整排房子甚至整个夏子街的人都来帮忙,大人来帮忙,小孩也来,猫呀狗呀也来帮忙。小门房盖好有七八平方米那么大,也有人想盖大一点儿,可是不行,你家门口就只正房那么大一块地,还得给人留条走路的道,还得给猫狗鸡留块撒欢儿的地,还得给孩子留下打沙包跳皮筋撒野的地。

小门房盖好后，也做厨房用，也做仓库用，铁锹、锄头、大扫把、大柳条筐都放在里头，夏收时拾的麦子也放在里头，秋收时捡的苞谷、挖的萝卜土豆也放到里头。冬天呢？冬天，门房的房顶上盖着白雪，房檐上挂着冰凌，是天然的大冷库，冷库里存放着全家老少一冬的肉食。入冬之后，杀一头肥猪，一块一块挂在房顶；又杀十几只公鸡，拔了毛和着水冻成冰块，一块块放在条盆里；也有从戈壁套来的野兔，不剥皮，随意丢在墙角，现吃现剥。

该做晚饭了，主妇们都去门房里取货，有的主妇心直口快，嗓门大又喜欢炫耀，打开门房拿块猪肉准备炖粉条也让人知道，取只冻野兔红烧也让人知道。

一个嗓门大："我家老大出去了两天，套了十几只兔子呢，够吃好一阵子了。"

回话的隔着四五户人家，嗓门也大："你家老大能干，会找吃的，我家老刘就没本事，出去两天才只拖回了一只黄羊，瞧这黄羊腿，可瘦了，不够一家人吃两天。"

于是，李家有野兔吃，刘家有黄羊吃，整排房子的人都知道了，不仅整排房子，有时整个连队都知道了。没有野兔、没有黄羊入锅的主妇，就多少有点儿心不甘，羡慕李家的大儿子能干，又羡慕刘家的男人能干，喝着苞谷糊糊，嚼着萝卜白菜一点儿也不香。于是，有的人家的男人，有的人家的儿子就有气受了：

"要不，咱也去戈壁滩弄点儿吃的？"这是温顺的主妇。

"看看人家，每天都有肉吃，就咱家，唉……"这是无奈的主妇。

"还不快滚出去，打不到黄羊别回来！"这是霸气的主妇。

……

于是，生活在戈壁滩的男人，长大成人的男孩子，冬天都没有猫在家里的习惯,不如到大戈壁跑着痛快,不如去套两只野兔、夹两只黄羊回来痛快。反正,戈壁滩上跑的野兔、黄羊数也数不清,没本事弄回到自己家,那就是别人家碗里的肉。

二

我家那排房子的最西边,住着一家放牧的。大家都是一家一间正房,想盖个偏房、门房什么的,都得自己想办法,见个缝插个针,还得赔着笑脸跟左邻商量,再跟右舍讨论。他家独占三间正房,愣是没人有意见,不但没意见,见了他家的人,特别是老李叔,都是三分谦让七分赔笑的,就是孔连长见到老李叔,也先把笑容挂在脸上:"老李,山上又闹狼灾了,你带几个人去看看?要注意安全!""老李,食堂没肉吃了,去戈壁滩弄几只?"

老李是青海人,大人管他叫老李,我外婆也管他叫老李,孩子管他叫老李叔。老李叔长得高,从自家门房出来进去都得低头猫腰,他老婆得伸出手踮起脚才能够着门框上方。我爸一米七,总站在远处跟老李叔说话,我爸不喜欢仰视人的感觉,但我知道,我爸一样佩服老李叔。

大伙儿出门都步行,或者骑自行车。老李叔出门骑马,枣红色的高头大马,威风凛凛。

大伙儿去大田里锄草耕作,脸朝黄土背朝天。老李叔去戈壁滩放羊,羊群自个儿吃草不用人管,老李叔四处游荡,自由自在。

大伙儿一年四季吃萝卜白菜,难见荤腥。老李叔家一年四季都能飘出肉香。这肉可不是老李叔放牧的牛羊肉,羊是公有财产,是有数的,处置权不在老李叔,就是病死了一只、被狼咬死了几只,羊肉可能进了食堂,也不可能进到老李叔家的锅里碗里,老李叔不能随便拎回家,也不能想送给谁就送给谁。

老李叔的老婆张姨是甘肃人,喜欢吃土豆,野兔肉和土豆一起炖,呱呱鸡肉和土豆一起炖,黄羊肉和土豆一起炖,狐狸肉也和土豆一起炖,炖得肉烂汤浓,别说吃了,远远闻着都受不了。何况我家锅里碗里除了苞谷窝头,就是萝卜白菜,清汤寡水的。

一次,张姨给我碗里盛了一些土豆,又夹了几块暗红色的肉,我一咬,嘿,又滑又嫩,真香。我问是什么肉,张姨说:"小鸡肉,吃吧,好吃。"我吃了一碗还想吃,一点儿也没用脑子想想:"才刚初春,母鸡都还没抱窝呢,哪有小鸡吃?"我吃饱了走到水井边喝凉水,李家的大闺女牛牛喊我说:"吃老鼠肉喝凉水拉肚子。"

"我吃的是老鼠肉?"我赶紧问牛牛。

牛牛的两条鼻涕正越过嘴巴,流到下巴了,牛牛用力吸鼻涕,用力咽下,又用力点头,又忙着用手比画:"老鼠这么大,和猫差不多大。"

我一阵恶心,想吐,可胃里反出来的东西还是挺香的,我不舍得吐,又咽下去了。我想,这么好吃的肉怎么可能是老鼠肉?牛牛是傻子!

又一次,我五岁的弟弟去老李叔家吃肉回来,一晚都不睡觉,就在屋里蹦,从地上蹦到床上,打几个滚,又从床上蹦到地上,又从屋里蹦到屋外,到屋外抓雪吃,吃雪也不管用,还一直喊热:"热呀热,妈,我热死了,肚子里着火了。"甚至半夜还流鼻血了。我妈急得去敲卫生所的门,半夜卫生所哪有人?我妈又要去敲钟大夫家的门。我爸说:"别去了,去也没用,热性散了自然好了。"我妈只好自己想办法给我弟止血,用凉水洗身子,用棉花塞鼻子,到天亮,我弟的鼻血止住了,我家半床被子的棉花没了。我妈去找张姨,我妈说:"这么大一点儿孩子,能给吃狼肉?"

张姨说:"我没给他吃,肉煮在锅里,我喂猪回来,肉没了一半……"

我妈说:"男孩自有三把火,狼肉热,吃坏你赔我儿子!"

张姨说:"我也怕呢,叫老李再别打狼了,狼肉又腥又不好煮,可老李说,狼是祸害呢,要除害……"

三

不久,我见到了狼,一只小狼。

我不知道那是小狼,以为牛牛家的狼狗生了狗娃子,狗娃子没待在狗窝里,由狗妈妈看着,可真奇怪。但我没多想,只觉得那小东西真漂亮,眼睛大大的,耳朵直挺挺的,身子软软的,跟一只猫差不多大,我跟它玩儿了好一阵子,还把它抱在怀里揉来揉去,还用嘴亲来亲去,它还"嗷嗷"叫着,伸出小舌头舔我的嘴巴,露出小牙齿咬我的鼻子。

那个时候,我们可没那么多事做,我们就是玩儿,就在树林、在戈壁滩疯跑,抓蛐蛐儿、捉蝴蝶、抓四脚蛇。该吃饭了,自有妈站在家门口喊:"回家吃饭了!"妈妈们并不喊"谁谁谁回家吃饭了",妈妈们不喊名字,但我们一下就能听出是谁的妈妈在喊谁吃饭,听到的人自会跑回家吃饭,吃罢饭,又跑出来玩儿。

傍晚的时候,我们玩藏猫猫虎,一个人站在门房前闭上眼睛数数,数到100就去捉人,捉到所有的人才算赢。躲藏的人各尽所能,有的躲柴火垛后面,有的爬上房顶,有的跳下兔子坑,有的蹲在鸡窝里。不管藏在哪,越隐秘越好,越难找越好。

那天,我蹲在鸡窝里,鸡粪味很臭,母鸡们不喜欢我,用嘴不停地啄我,还跑到我脚上拉屎,我憋着气,等着人来找我。可直到公鸡母鸡都睡了,我的腿蹲麻了,也没人来找我,他们忘记我了,各自回家睡觉了。我爸我妈也没来找我,他们以为我在家睡觉呢。

我爬出鸡窝时已经半夜了,我看着天上有一个月亮,圆圆的,像一个白盘子。路过牛牛家的柴火垛,我听到一阵"嗷嗷嗷"的叫声,那声音又细又小,像婴儿哭,我借着月光寻着叫声,在牛牛家柴火垛后面的栅栏里,看到一只小狗。

大家都睡了,鸡睡了,鸭睡了,牛睡了,猪睡了,姐姐弟弟睡了,爸爸妈妈睡了,就连天上的星星也都睡了,就留一个月亮值班。那只小狗不睡,它在栅栏里跑来跑去,"嗷嗷"叫着,用头撞栅栏门。栅栏是新的,我以前没见过,做栅栏的铁丝也是新的,我拧不动。我就爬上柴火垛,再从柴火垛上跳进栅栏。

我摔了一大跤,腿疼,坐在栅栏里哭,可鸡也睡了,鸭也睡了,我哭了一会儿发现没人听也没人理,就不哭了,小狗也不撞栅栏门了,跑到我身边来,蹭我的脚,舔我的脸,咬我的鼻子。

我睡着了,可是我睡得很不踏实,我似乎听到什么地方有不少的人在讲话,一阵喊声接着一阵喊声,却又听不清,只觉得是在北边羊圈,或是在西边养猪场,或是在猪场和羊圈之间的马厩。到底是在哪,是在羊圈、猪场还是马厩,那就不大清楚了。

我似睡非睡地听了一会儿就听不见了,我又睡着了。

我是被人摇醒的,开始我以为是小狗在咬我,等我睁开眼,才发现是我妈在摇我,我妈的样子很奇怪,一边摇还一边哭,好像怎么了似的,好像我要死了似的。

我听我妈在训我爸:"怎么能让孩子跟狼睡在一起?幸亏昨晚人多,把母狼打跑了,母狼找来了,还不把孩子吃了!"

我妈不歇嘴地说我爸,我越听越糊涂。

什么?狼来了?

什么?狼要吃小孩?

我糊里糊涂地从我妈怀里爬起来,跑去外面看究竟。二高第一个告诉我:"你跟小狼睡了一晚,母狼找来了,到羊圈咬死了几只羊,又在猪圈咬伤了一头猪,又跑到马厩什么也没咬着,一晚上全夏子街的人都出去打狼了,可热闹了,就你不知道,你和小狼睡在一起。"

"小狼呢?"我问。

"小狼放了,孔连长让放了,孔连长说如果不放小狼,牲畜就要遭殃了,人也要遭殃了。"二高说着,还向我眨眨眼。

"小狼呢?"我追问。

"不告诉你了吗? 小狼放了,母狼把小狼带走了。"二高气呼呼地走了,他好像对放小狼这件事很生气,可我很开心。

"好呀,小狼放了。"我跑去柴火堆看,又跑去树林看,又跑去羊圈看。

我听牛牛妈说我:"那丫头命硬,跟狼睡了一晚,母狼都没找着。"

我又听二高妈说我:"这孩子大难不死,你想呀,哪有母狼找不着小狼的,一闻就能找着。"

我又听我外婆说我:"女娃胆大,能跟狼睡,走到哪里都不会被人欺负。"

我又奇怪了,我看到的明明是只小狗,它还舔我的嘴巴,咬我的鼻子呢,如果是小狼,我的鼻子还能在吗? 我摸摸鼻子,有些后怕。又想想那个小东西,月光下,眼睛亮亮的,耳朵尖尖的,身子软软的,真可爱,分明是只小狗,怎么是小狼呢?

我想了一天也没想明白。

后来,我不想了,因为放电影的叔叔开着小四轮,拉着放映机,拉着胶片来夏子街了。放电影是夏子街的大事喜事。我欢天喜地地去小广场占位子,又欢天喜地地搬凳子,又欢天喜地地嗑瓜子,一点儿都不管别人看我的眼神,也不听别人说我些什么。那天放的电影是《马兰花》,"马兰花呀马兰花,风吹雨打都不怕,勤劳的人儿在说话,请你快快把花开"。小兰多漂亮,大兰多懒惰,老猫多可恶。

突然有人喊："狼来了！狼来了！"接着露天电影院就乱起来了。

"狼？狼在哪里？"我在荧幕上找狼，可是，荧幕上只有雪花，连老猫都没有了，电影不放了。场面特别乱，有人喊："狼来了！快打狼呀！"有人喊："看好孩子，别让狼叼走了！"有人喊："母狼找小狼来了！"

这时，我反应过来了，是真的"狼来了"，母狼来找小狼了，就是昨晚跟我一起睡觉的那只小狼。可是，小狼不是放了吗？母狼不是把小狼带走了吗？

"二高是个骗子！"我恨恨地想。

我一下兴奋了，跑着跳着去看狼，别的孩子也都兴奋了，乱哄哄地往林带边跑。跑到林带边就都站下了，先跑到的再不敢往前，站在那里张望，大呼小叫："狼！好大的狼！"后跑到的也站下了，伸着脖子踮起脚想看个究竟，可是前面有大人挡着，有高个子挡着，后跑到的孩子大呼小叫："狼在哪？狼在哪？"

不仅孩子，大人也都兴奋了。大人们有急急忙忙跑回家拿棍子、拿刀子的，因为没人带着棍子刀子来看电影；有大呼小叫喊孩子的，怕母狼把孩子叼去了；有慌慌张张跑回家看猪圈鸡圈兔子圈羊圈的，怕母狼咬死了自家的猪鸡兔羊。

不仅人，狗也兴奋了，夏子街的狗都在狂叫，在操场上窜来窜去的也叫，拴在家门口的也叫。

我跑得快，先冲到了林带边。我想走近看个仔细，可大人挡着我不让我过去，手电的光亮在夜空上晃来晃去，空中和地上一样乱，大人们已拿来了刀子棍子绳子准备打狼，还有人高叫着要去找枪。

母狼站在林带边的高坡上，"嗷嗷"地叫着，强光照着它的眼睛，反射出绿莹莹的光，让人心里一阵哆嗦。谁也不敢靠近狼，大人也不敢。狼的身后是黑漆漆的树林，树林后面是广阔的大戈壁，狼只要一转身就能跑掉，我心里对狼说："那么多人，那么多狗，你打不过的，快跑吧！"可狼没听见我心里的话，它不跑，它就站在高坡上，它"嗷嗷"叫着，向人要自己的孩子。

这时，广播里喊："谁抓了小狼，快还给母狼，快把小狼还给母狼！""老李！小狼没放吗？快还给母狼！"

"快还给母狼！"

"还给母狼，母狼就走了！"

"小狼呢？小狼呢？"

"小狼不是放了吗？"

乱糟糟的许多声音。老李叔在广播里喊："牛牛，你个兔崽子，让你放了小狼，小狼呢？"

"小狼呢？""牛牛，兔崽子，小狼呢？"人们喊。

牛牛急忙忙跑，二高和大明紧跟在后面。牛牛着急地喊："让开，快让开！"她的怀里有一只"嗷嗷"乱叫的小东西。

一条道让出来了。

牛牛一个趔趄摔个嘴啃泥，小狼崽从她怀里挣脱出来，小狼崽奔向妈妈，欢快地叫着。

我还不知道小狼崽能跑那么快呢，小狼崽长大了，才一天工夫。

母狼向着夜空嚎叫，凄厉的夜嚎吓退了拿绳子、拿棒子、拿刀子的人。后来，听我妈说，孔连长找来了一支小口径步枪，连枪栓都打开了。

母狼叼起小狼，走了。

四

我又不明白了。

想不明白，也不馋桌上的狼肉，我不想烂心肝。

想不明白,也还"呼噜呼噜"地喝苞谷面糊糊,喝完碗一推就跑出去玩儿。

找二高玩,二高家还没吃饭。找牛牛玩,牛牛在吃肉。我说:"牛牛,小孩子不能吃狼肉,吃了烂心肝。"牛牛不理我,夹块肉放在嘴里嚼,嘴巴一鼓一鼓的。

我不想找他们玩了,我自己去树林玩。

跑过树林就是戈壁滩,就是老李叔放羊的那块戈壁滩,就是时常有狼嚎远远传来的那片戈壁滩。

我跑到树林边还想往前跑,晚饭时我妈说有两只狼崽呢,它们怎么样了?可是我又不敢往前跑,天快黑了,万一碰到狼呢?狼的眼睛又凶狠,狼的牙齿又锋利,狼的嚎叫又凄厉。我也不能往前跑了,我听到广播里喊:"各家各户注意了,注意了,这几天有狼在附近流窜,晚上都关好家门,管好孩子。"是孔连长的声音。孔连长说完,广播里就传出我妈的声音:"杨春,三丫头,狼来了,快回家!"

我妈是大嗓门,平时,站在东头说话,一排房子西头的人都能听到,她还以为自己是在说悄悄话。平时,我妈叫我吃饭,我跑出树林,跑到戈壁滩都能听见。今天我妈怎么了?跑到广播里喊我,还狼来了?

我越想越奇怪,突然我又高兴起来,我妈在广播里喊我的名字,广播人人都能听到,这下我出名了。我乐颠颠地往回跑,一出树林就被老李叔抓上了。老李叔说:"你女娃子乱跑,叫狼吃了你。"

老李叔抓着我一直不放手,我挣扎也不放手,我哭闹也不放手,我咬他的胳膊也不放手,我咬他左手,他就换右手抓我。老李叔一直把我抓回家,交到我妈手里。把我交到我妈手里也不离开,和我爸说狼的事。

老李叔说:"今晚不能睡了,得看羊,母狼要来报仇。"

我爸说:"叫你们不要打狼,你们不听,现在害怕了?"

我爸说:"你们不打狼,狼也不会来吃羊,就那几只狼,放它们一条活路也好。"我爸说着话,又喝一口酒,又吃一口肉,又招呼老李叔喝酒吃肉。

老李叔说:"是不想打狼了,这一带也没几只狼能打了,可我爹老寒腿犯了,需要狼皮裤子。"

听着他们说话,我渐渐睡着了。

也不知睡了多久,我弟把我摇醒,他比我小一岁两个月,我六岁,他五岁,比我还皮呢。我弟说:"姐,昨晚母狼来了,跳进老李叔家的羊圈,咬死了五只羊,又跑了。"

"瞎说,老李叔家的羊圈那么高,上面还插着铃铛刺,母狼怎么跳得进去?"我不信。不信也爬起来跟着跑去看。我弟是来通知我的,也不管我信不信,他急着去看被咬死的羊。

大伙儿都去看被咬死的羊,我弟拉着我往人群里挤,沿着大人的腿边挤,大人低头一看:"哦,老杨家的孩子。"就往旁边靠靠,让我们过去。就老刘叔不让,老刘叔又高又瘦,他岔开两条腿,让我弟钻过去,我弟就笑嘻嘻地钻过去,回头拉我,我不肯钻,我弟就去踩老刘叔的脚,踩着还鼓着腮帮子喊:"让开,让我姐过来,让我姐过来!"老刘叔笑笑,给我让了条道。

五只绵羊躺在一边,脖子上是血,身上是血,地上是血。其他羊站在另一边,杂七杂八地乱叫,好像开大会,大伙儿各说各的话。开大会时,孔连长说"安静,开会了",就能安静一会儿。绵羊可不管,绵羊只管自己叫,谁都不能叫它们闭嘴。

看热闹的人也乱哄哄地说话。

一个说:"狼一周吃肉,一周饮血,一周喝风。昨晚只咬死了羊,没吃肉,今晚还来呢。"

另一人接话:"是啊,是啊,晚上要关紧门,看好孩子。"

一个人说:"母狼报仇来了,要咬死所有羊才罢休,要咬死抓狼的人才罢休。"

还是那人接话："是啊，是啊，昨儿，谁家吃了狼肉，要遭报应。"

这话大伙儿都不爱听了，昨儿，大多数人家都吃了狼肉，他们就都跟接话的人吵。

我听着无趣，四处找老李叔。

老李叔有些发愁，在羊圈周围走来走去，一会儿走到东边看看围墙，一会儿走到西边摸摸墙根，一会儿又去摆弄羊圈门，那门本是几根木棍扎成的栅栏，一只鸡也能钻进去，一只兔也能钻进去。老李叔把门卸下来，在空隙间密密麻麻填上铃铛刺，这下，蚂蚁也别想爬进羊圈，屎壳郎也别想把羊粪蛋运出门外。我发现了这个问题，就跑去问。

我问："老李叔，你干吗把门扎那么密？屎壳郎都没法运羊粪蛋子了。"

老李叔不理我，老李叔已安好门，在摆弄一个铁夹，那铁夹子特别大，我把我的小胳膊往大铁夹边伸了伸，立即又缩了回来，好像大铁夹要追我咬我一样，而且一咬就能咬断我的胳膊，流很多很多血。

孔连长来了，他说："事情都清楚了，大伙儿都回去吧，这几天不太平，晚上都别出门了，关好门，看好孩子。"

大伙儿都各自走了，该下地下地，该喂鸡喂鸡，该骂孩子骂孩子，只是下地不敢一个人走得三四个相伴着一起干活儿。喂鸡也不单喂鸡，把自家的鸡圈猪圈加加固才是正事。骂孩子还是因为贪玩不好好学习，贪嘴不好好吃饭，骂法却大不同，"再不好好学习，让狼叼了去""还不快吃，一会儿狼来了跑不动"。孩子都害怕狼来了，也就乖乖学习、好好吃饭了。

白天就这么过去了。到了晚上，家家关门闭户，也没男人聚在一起喝酒打牌吹牛，也没主妇端着饭碗走东家串西家聊天，也没孩子跑到树林里打沙包、藏猫猫虎。

不仅人，家畜也都屏声静气的，鸡早早上了架，兔子本来就没什么声响,猪躲进圈里哼都不哼唧一声,平时总站在门外的驴也被关进了圈里,也听不到它"啊呃啊呃"地欢叫,要在平时,那驴可欢实得很,给把苞谷吃也叫,丢块石头打它也叫,牵它去套车也叫,今天不同,今天的驴只乖乖待在圈里,只低头嚼干草,嚼着干草,抬头望望月亮,还若有所思。

天擦黑那会,老李叔在水井边磨刀。水井本是大伙儿聚集的地方,有挑水的、洗衣洗农具的、洗菜淘米的,还有饮牛饮马、冲凉打水仗的,大人孩子都喜欢到水井边聊两句,"说不定就碰到几日没见到的人呢"。今天不同,今天只老李叔一个人在水井边磨刀,磨得"霍霍"响。

天黑了,家家都关门闭户,只养羊的人家亮着灯,老李叔没睡在坑上,他在厚厚的羊粪上铺张席子,再把皮大衣丢在席子上。羊粪暖烘烘的隔地气,皮大衣是老绵羊皮,盖在身上睡觉的人像一只老绵羊。

老李叔握着那把极锋利的刀,本来一点儿都不想睡觉,可是羊粪暖烘烘的,老绵羊皮暖烘烘的,围在四周的绵羊也暖烘烘的。绵羊们都睡了,老李叔先是撑着眼皮数绵羊,然后撑着眼皮数星星,最后就去梦里数月亮了。月光下,一只狼的眼睛反射出绿莹莹的光,那光阴森森、寒战战的……

"咩咩咩",先是绵羊慌乱恐惧的乱叫声。

"嗷……",紧接着是狼的长嚎。

再紧接着,那阴森森、寒战战的绿光就向老李叔直逼过来,老李叔忽地坐起,朝着绿光寻去,一只高大凶猛的狼站在墙角逼视着他,老李叔跳起来,挥舞着刀,刀的利刃在月光下闪着银亮的光。

狼后退几步,突然转身,跃上墙头跑了,那墙头有一人多高,上面插满了铃铛刺。

狼一跃而过的瞬间,老李叔看到一条粗粗的铁链顺势扬起,在夜空中旋起一道抛物线,还带着"丁零当啷"的声响,那声响是铁链的撞击声。

"狼被夹住了!"老李叔跳起来,想抓住铁链,而铁链的末端只在月光下晃了一下,就坠落到围墙那头去了。老李叔赶快从羊圈门绕出去,向狼逃跑的树林追去。

树林影影绰绰全是树影,狼的暗影在前面跑,老李叔在后面追。狼带着铁夹,拖着铁链,腿受了伤流着血,跑不快也跑不远。老李叔发力猛追,不一会儿就追上了铁链子,他拽着铁链子不放手。

树林里就有了老李叔和狼的对峙,老李叔一手拽着铁链,一手紧握着刀,狼站在树的暗影中。树影阻止了月光的倾泻,刀刃没有了银光闪闪,狼眼也失去了绿莹莹的光,连那阴森森、寒战战的逼视也削弱了不少。

看不到那绿光,老李叔反而没了主意,手里有刀也忘记了,喊救命也忘记了,狼好像是特意引老李叔来树林的,狼猛然跃起,老李叔迅速躲开,死死拽着铁链,狼扑倒在地,老李叔下意识地扑向狼,把狼压在身下,狼回头咬住老李叔握刀的手腕,刀掉落在地上。老李叔那只拽铁链的手已死死把狼头摁在怀里。

一旦咬住决不能让它松口,对付狼是这样的,如果让狼回口,咬了手腕不算,再任它去咬身子咬脸,必死无疑。老李叔压住狼身,右手腕在狼嘴里,左手使劲把狼头摁在怀里。

把狼头摁在怀里,这才想起喊人。"救命呀,打狼了!""打狼了! 救命呀!"

老李叔的声音本来就大,夏子街本来就派了民兵在值班,老李叔一喊就喊来了许多手电光和脚步,手电光在树林里晃来晃去,脚步"踢踢踏踏"跑进树林,手电光慢慢汇聚在老李叔和狼形成的对峙中。

一切都乱糟糟的,在树林里荡来荡去的声音也乱糟糟的。

"怎么办? 怎么办? 狼咬断手了!"

"快去拿枪,把狼打死!"

"快去拿刀,先杀了狼!"

"快找根绳子,把狼嘴绑上!"

……

所有的办法都被老李叔否定了,手腕在狼嘴里,老李叔反而镇定下来,老李叔说:"快,刀在草丛里,要一刀割断狼喉,割断动脉,不能让狼还口。"

老李叔说:"快,让老刘来,他下手狠,下手准。"

老刘叔一刀割断了狼颈总动脉,狼血喷涌而出,喷了老刘叔一脸,喷了老李叔满身,也喷到了野草上,喷到了树梢上,喷到了四周围观的人们的身上。

一刀割断了狼颈总动脉,狼头也还抱在老李叔怀里,狼口也还紧咬着老李叔的手腕不放。

老刘叔把整个狼头全部割下来,狼头抱在老李叔的怀里,狼牙还是没松开,紧紧咬住老李叔的手腕。

老李叔坐在地上,让老刘叔掰开狼嘴,救手腕出来,老刘叔使多大劲儿也没掰开,老余叔也没掰开,我爸也没掰开,最后,孔连长也动手了,还是没能掰开。

老李叔就只好抱着狼头往家走,狼牙紧咬着他右手腕,老李叔用左手抱着狼头,血一直从树林滴答到他家门口,走到家门口,狼血就流干了。

老李叔的右手腕在灯光下竟然闪着银光,是块上海牌手表。狼上牙咬住表门,下牙咬住表带,表面裂开,表带是铁做的,挡住了狼牙。

没有手表,咬掉一块肉也不一定,咬断手腕也不一定,咬断手腕,狼必再咬,再咬老李叔就被咬死了。

手表救了老李叔的一只手,救了老李叔的一条命。

我爸、老刘叔用老虎钳子拔出狼牙,救出了老李叔的手腕,手腕血肉模糊,我爸和老刘叔又陪老李叔去团医院治疗。

我天亮了才知道这事,天亮了,全夏子街的人,该去上学的也不去上学,该下大田的也不下大田,该去放羊的也不去放羊,有去树林看无头狼的,有去老李叔家打听消息的,有聚在一起说东道西的。

　　"听说咬到手表了? 老李命大呢。"

　　"听说狼咬住不放?"

　　"听说还有狼崽子? 今天要去找狼窝抓狼崽子!"

　　说什么的都有,我立即抓住一个人问:"要去抓狼崽子吗? 狼崽子有几只?"那人愣了一下,赶快拨开我的手,又赶快走开,走了几步又回头看看我,好像吓了一跳的样子,我想他是认出我是那个和狼崽子待过一晚的小孩儿了,他以为我和狼是一伙的。

第五章　屋顶上唱歌

一

夏子街住着我外婆。

我五六岁的时候,外婆七十多岁了。

夏子街总共不到一百户人家,孩子却有四五百个,每家每户都有三四个孩子,五六个也普遍,孩子越多越骄傲、越光荣。

每个孩子见到我外婆都喊"婆"。"婆,手流血了。""婆,衣服挂破了。""婆,牛牛打我。""婆,沙包打到房顶上去了。"……

外婆弯腰拔棵草,叶子在嘴里嚼嚼,敷在孩子伤口上,血立刻止住了。外婆从衣襟上取下针线,三下两下把孩子衣服上的破口子缝上了。外婆轻轻吹气,再拍拍孩子的小脑瓜,孩子立即不哭了。我在旁边看着可奇怪了:"难道外婆吹的是仙气?"我正想的当儿,外婆又爬木梯上了房顶,捡起沙包丢给孩子。

外婆站在房顶上笑,看着房下的孩子笑,看着天上的白云笑,看着远处的大戈壁滩笑。

外婆梳着发髻,头发白花花的,眼睛笑盈盈的,外婆笑的时候,脸上的皱纹像花瓣似的在风中颤动,旁人看着心里也荡起了一阵风,也忍不住一起笑了起来。

外婆穿着蓝布大襟褂子,左肩上一个盘扣,似一只欲飞未飞的蜻蜓,右腰下又一个盘扣,是一条扭来扭去的毛毛虫。外婆做盘扣的时候,我和弟弟就在一旁捣乱,一会儿把剪好的布条扯断,一会儿又把它们打成死结,但我们绝对不拆盘好的扣子,它们是一只只欲飞未飞的蜻蜓,又是许许多多扭来扭去的毛毛虫,我们喜欢还喜欢不够呢。

外婆是小个子,她七十多了,腿脚还麻利着,上房顶比谁都快。外婆说:"在房顶你可以看到所有你认识的人,他们从家门出来,走到水井,又走到树林里去。可以看到树梢上的喜鹊飞到你身边,天空中的老鹰飞到你头上,还有最舒畅的风在你周围"呼呼"地响,还有……这些东西哪怕只有一样,也值得爬到房顶上去。"

于是,春天,老榆树遒劲的枝丫伸到了房顶,外婆站在房顶上将榆钱,喜鹊在树杈上做窝,正在学飞的小喜鹊冲着外婆"喳喳"叫。

麦收季节,房顶是晾晒场,金黄的麦粒在阳光下闪闪发光,外婆愿意整天守着麦粒,她说:"麦子闪着光呢,不用捧在手心,光瞧着心里就高兴。"

秋天,房顶坝子上简直没一点儿空,一片苞谷棒子,一堆葵花饼,几簸箕干菜:萝卜干、霉干菜和长豆角。还有一坛豆豉,豆豉在阳光下发酵呢,掀开豆豉上的棉被,黄豆上细细的绒毛在秋风里招摇,好像黄豆在春天抽出翠绿的幼芽似的。豆豉不仅有生命在生长,还有一股奇异的香味在空气中飘。

左邻右舍没有不羡慕的,他们站在屋檐下,闻着豆豉香,都说:

"这豆豉真香,若是炒腊肉,再放一点儿青椒,那一定好吃。"

"就是扣肉,用豆豉蒸了,也香掉下巴。"

"就是野菜,用白水煮了,放几粒豆豉也好吃。"

"就是捞面条,拌几粒豆豉,啧啧!"那人说着,就吧嗒起嘴巴来,好像拌了豆豉的捞面条就在嘴边似的。

于是,一些男人羡慕起我爸来,他们都是做丈夫和父亲的人,他们说:

"老杨有福呀,娶了个漂亮媳妇,还带来那么能干的妈!"

"就是就是,刘家婆婆就是能干,你看她什么时候休息过,从早忙到晚的。"

"不仅能干,待人又好,脾气又好,老杨真是好福气。"

"是呀是呀,我要有这么能干的丈母娘就好了。"

于是,这些男人又夸我妈贤惠漂亮,又夸我外婆勤劳能干,又恨自己没福气,早知道娶老婆之前,先看看有没有一个能干的丈母娘。有一个能干的丈母娘多好,能带孩子,能管家,还是个好厨子,能做出那么好吃的豆豉、霉豆腐、泡菜,那泡菜才好吃呢,想想都流口水。

于是又懊悔自己结婚草率,又埋怨自己的老婆不那么能干,又遗憾没福气有一个会做豆豉、做泡菜的丈母娘。也不想想他们当年结婚多么多么不容易,夏子街建设初期,光棍跟戈壁滩的黄羊一样多,姑娘却跟白狐一般稀有,他们能娶到老婆就不错了,哪里还能挑三拣四?这会儿感慨唏嘘又有什么用呢?

屋檐下的男人说着闲话,听到孩子喊"爸,回家吃饭",他们就把口水咽进肚子,回家吃饭了。只是不知道,他们吃饭的时候,会不会还想着我家的豆豉、泡菜和霉豆腐,这几样东西就是想想也下饭呢。

再说房顶上的我们,"简直要把尾巴翘到天上去了",我们故意把豆豉坛盖打开,让那奇异的香味飘得更远些,最好飘过小广场,最好全夏子街的人都能闻到,全夏子街的人都馋得流口水才好呢。

我们总是在黄昏的时候爬上房顶,外婆剥苞谷棒子,敲葵花饼,还要收拾各种各样的干菜:萝卜干、豆豉和霉豆腐。

可是,我们哪里肯中规中矩地干活儿呀,我们看着天边如火的晚霞,看着一排排大雁欢唱着飞进晚霞,看着晚霞把我们的脸变成红色,把外婆的白头发变成金色。

我们看着白杨树林闪闪发亮,那些树叶完全不是一片片普通的叶子,说是天上的星星也行,说是金沙中的金子也对,反正得是一些闪着光亮的令人欢喜的东西。

我们更喜欢远眺,这时,我们看到了海市蜃楼,远处的戈壁滩也不是荒滩了,却是波光粼粼、一望无际的大海,夏子街是一艘正在航行的轮船,我们站在船帆的顶端远眺。

秋天的房顶可真好,房顶上永远晒着苞谷棒、葵花饼才好呢,房顶上的活儿永远干不完才好呢。

不仅爬房顶,外婆还愿意下菜窖,外婆下菜窖的时候,我和弟弟就守在菜窖口,外婆拎着白菜、萝卜爬上木梯,递给我和弟弟一人一个红苹果。

我们都觉得菜窖是藏宝库,吵着要下去看看,可外婆说菜窖里黑,菜窖里藏着妖怪,只有外婆这样的女巫才能降服的妖怪。可我们还是想下去看看,菜窖里藏着红苹果、青萝卜、黄萝卜,还有许多我们不知道的好东西。

一次,外婆终于答应了,她先扶着我下去,我在黑暗里闻到浓浓的苹果香,急着去摸苹果,外婆回头接我弟时,一只癞蛤蟆跳到我手上。

我却是不怕癞蛤蟆的，戈壁滩长大的孩子，总抓四脚蛇玩，总抓蛐蛐儿喂鸡，各种虫子都抓，癞蛤蟆有什么可怕，不就是"呱"一声蹦到手上、脚上，"呱"一声又蹦回土里，蹦回黑暗里吗？

我不怕癞蛤蟆，弟弟也不怕，我们就常常下菜窖摸苹果吃。

二

外婆哄孩子的方式很普通，蓝布衣襟里缝着一个口袋，每天藏着不同的宝贝，有时是几颗水果糖，有时是一块饼干，有时是一把炒麦子，最不济也有几粒葵花子、几颗野果子……

即便是野果，也比我们自己摘的好吃，我和弟弟就都围着外婆转圈，她去哪，我们跟到哪。外婆去大田拔猪草，我们也跟着拔，拔几棵不耐烦了，我们就翻土坷垃捉油虫子、捉蟋蟀玩儿；看见蝴蝶在草间飞，就去捉蝴蝶；看见蚂蚱在草间跳，又去扣蚂蚱。

玩着也不忘记吃，我们扯蚂蚱腿吃，摘野果、奶角角吃，拔芨芨草根嚼，野花也能吃，花瓣甜滋滋的，还拔出花蕊吮吸那一芯蜜。如果去苞谷地就更好了，外婆在苞谷地走一圈就能折回好吃多汁的甜杆（苞谷秆），那汁液从嘴角一直流到脖子，我们都不敢低头，一低头，下巴就粘到脖子上了，只好低着头走回家。

我家有三个大人四个孩子，我爸好搞平均主义，无论大人小孩儿，什么都不偏不倚，一人一份儿。水果糖一人两颗，饼干一人一块，苹果一人一个。如果煮了一只鸡，没法搞平均主义，我爸也有办法，他让我妈妈把鸡分成七份儿，然后他坐在桌前，我外婆蒙了眼睛对着墙。我爸拿起一份儿，问："这个给谁？"我外婆说："给弟弟。"我爸就给弟弟。再拿起一份问："这个给谁？"外婆说："给大姐。"我爸就给大姐……

以此类推，我家好吃的都这么分，谁也没意见，拿到鸡头也没意见，拿到鸡爪子也没意见，外婆看不见呀，她想偏心谁也没办法。

分罢东西，大家都拿去吃了，只有外婆不吃，她把好吃的放起来。她说"人老了，牙不好"或者"肚子疼，一会儿再吃"。

外婆经常肚子痛，我和弟弟吃完自己那份儿，就围着外婆转，就去掏外婆的口袋。

有两样东西我家从来不分，就属于外婆一个人，一样是柿饼，另一样是核桃，都是极好吃的东西，都是想着就能流口水的东西。

那核桃，听说吃了能变聪明，我生下来就不聪明，需要补脑子，需要吃许多许多核桃，我就对弟弟说："你最聪明了，不想看着姐越来越傻吧？"弟弟就把分到的核桃给我，因为我就要当小学生了。

还有柿饼，那层白白的霜就很甜了，再一口咬下去，那奇特的甜味，粘着牙，唇齿之间还流着蜜呢。

核桃和柿饼是舅舅对外婆的孝敬。舅舅在陕西略阳火车站，是见过大世面的人，但他每年只给外婆寄一回东西：一包核桃、一包柿饼。

夏子街不出产核桃和柿饼，我们谁也不知道它们是长在树上，还是种在大田里，外婆自个儿也没准儿。一次，她说，核桃长在月亮上，月圆的夜晚，嫦娥采了丢到人间，舅舅每天捡几颗，攒很久才寄来。我们就总望着月亮，盼望着嫦娥丢核桃下来。可后来，外婆又说月亮上长着桂花树，我们就弄不清楚了，月亮上总共只有一棵树，是核桃树还是桂花树呢？外婆说不清楚，我们也不追问，只要有核桃吃、有柿饼吃，月亮上长什么树又有什么关系呢。

柿饼也一样，我们从没见过柿子，更不知道，柿饼是柿子晾成的。外婆说柿饼是织女会牛郎那天，老牛拉的屎。我们弄不清楚织女会牛郎是哪天，猜想总是月圆的一天吧，于是，一个月圆之夜，我拉着牛牛跑到牛棚等着牛拉屎,等着成堆成堆的柿饼,甜丝丝软腻腻的柿饼啊,想想都流口水。我对牛牛说:"柿饼出来后,我先让你吃,你吃够了我再吃。"牛牛听了使劲点头,她把手里的白馍给了我,她要留着肚子吃牛拉的柿饼。那夜牛棚里有五头牛,一开始,它们谁也不拉屎,就在月光下把草嚼呀嚼,嚼累了还对着月亮"哞哞"叫。我和牛牛一会儿趴到这头牛屁股下瞧,一会儿又跑到那头牛屁股后等。终于,一头牛拉屎了,牛牛奋不顾身冲上去,我遵守诺言让牛牛先吃,牛牛也不客气,抓起一把热乎乎的牛屎塞进嘴……

外婆寻到牛棚来,看到我俩浑身的泥土草屑,看到牛牛满手满脸的牛屎,笑得坐到地上,我也笑得在地上打滚,只有牛牛号啕大哭,哭得老牛都站了起来,在牛棚里打转,它们不知道我们哭什么、笑什么,也不知道织女和牛郎的故事,这些故事都是外婆讲给我们听的。

那天,外婆帮我们洗干净,给了我和牛牛一人一个柿饼。我吃着柿饼睡着了,做了一个梦,梦里,许许多多的牛拉着柿饼屎,它们拉呀拉呀,一直把柿饼山堆到了天上,连月亮都被遮住了。

核桃和柿饼全归外婆保管,外婆想给谁就给谁,外婆也学着我爸搞平均主义,每人一颗,每人一个。

但我知道,外婆从不把全部核桃、柿饼拿出来搞平均主义。一次,我看到外婆把弟弟悄悄叫到门房,弟弟出来的时候,嘴巴鼓鼓的。

我知道外婆偏心弟弟,但我从不说。又一次,我看见外婆牵着弟弟悄悄走进门房,我趴到门缝里看,弟弟出来后,我追着他说话,弟弟在前面跑,我在后面追。终于抓上了,我看见弟弟满脸是泪,大约是吞东西噎着了,他的嘴角还有一点儿柿饼渣呢,我伸手把柿饼渣捏下来放进嘴里,真甜。

我家人都知道外婆偏爱弟弟,但大家都不说。

我外婆说:"小子好养,就当养只小狗。"还说,"我们家丫头和小子都一样呢。”

外婆总偏心弟弟,这我知道。同样的白面馍馍,弟弟手里那个比我手里的大,我就把弟弟哄到门外,把馍换了。

同样的煮面条,就弟弟碗底卧着一只荷包蛋,我就趁弟弟不注意,把荷包蛋抢了。

后来,我弟没长高,读书也不行,弟弟就怨我:“都是小时候你总跟我抢吃的。”

我就笑了,使劲往弟弟碗里夹肉夹菜。现在,弟弟是个矮胖子。

三

外婆瘦而矮,脚也非常小,我才六岁,可我穿上她的布鞋,也不用塞棉花,也不像踩进船里晃里晃荡,就跟我再大一岁就刚好合脚似的。我不明白,就问:“干吗裹小脚?”外婆笑了,说:“嘿!幸亏我力气大,他们给我缠小脚,我使劲扯,裹脚布都被我扯烂了。我叫的声音可大了,房顶上的灰尘“噗噗”往下掉,糊窗户的纸也“哧哧”裂开了,吵得他们没办法,就不给我缠小脚了。”我不明白,没缠怎么脚还这么小呢?

脚小却不影响走路,也不影响干活儿。

外婆总是像蜜蜂一样忙活着,一刻也不停歇。

她手里拿着锄头、镰刀、绳索、柳条筐,或者扫帚、抹布和锅铲。早上,天还不亮,她去戈壁滩拾柴,在菜地采摘,中午往餐桌上送上新出锅的馍馍花卷,给鸡鸭猪狗吃食,到了下午,她还得在菜园干一会儿,随便在地头割一捆猪草,采一筐野菜,然后,她踏着晚霞回家,有时候,猪草打得太多,从背影只能看到一大捆草和两条腿向前移动。

我爸说,如果外婆再读点儿书,认一些字,可就是了不起的人物了。

我不知道"人物"是什么,但我爸说"人物"两字时显出很郑重的样子,我也就认为外婆很了不起了。

我爸读过许多书,能写会算,他说什么我们都觉得有道理,就像他做什么我们都觉得很麻烦一样。我爸无论做什么事,都要把四个孩子的名字叫一遍,有时候,要叫两遍三遍,好像他有四个孩子还不够使唤似的。

比如,晚上说着话,我爸突然想起有一笔账要写在记事本里,他会说:"儿子,去把记事本拿来;老三,给我一支笔,铅笔也行;老二,我要那个高板凳,这个板凳坐着不舒服;老大,叫你妈烧水泡茶,喝了茶我就能记账了。"

这是我爸的一贯作风,他总是告诉大家要干什么,让全家手忙脚乱跟在他屁股后头忙。

有一年,我家拍了全家福,我爸买了一个相框,外婆把全家福和其他十几张相片装进相框,然后问:"把相框挂在什么地方?"

我爸说:"你们谁也不用管,我一个人挂得好。"说着,他脱掉外套,就要干活儿了。他先叫大姐去买钉子,马上又差使弟弟赶去告诉大姐钉子要买大的。"去,老三,给我拿把锤子。"他喊着,"老婆,到小房子把梯子搬来。""妈,你别走,拿着手电照亮。"然后,他发现我二姐还站在那里无所事事,他说:"老二,你把相框递给我。"

钉子买来了,锤子拿到了,梯子扶正了,二姐举着相框,手电筒的光柱也照在刚粉刷过的白墙上,我爸"呼呼呼"敲钉子,一颗钉子敲歪了,第二颗钉子使劲太大,整个敲进墙里,敲第三颗钉子时,锤子砸到了手,疼得他差点儿摔下梯子。我爸从梯子下来,想找个东西把手包上,我妈说没流血不用包,他又冲我妈喊,说我妈不关心他了。然后,他在屋里乱蹦乱跳,冲着每一个人喊叫。

半个小时后,他终于对我妈的包扎满意了,第二次买钉子的大姐也回来了,这次,她买回十枚钉子,以防万一。万事俱备,我爸要再干一次,大家都围着他,随时帮忙,两个人扶梯子,第三个人递锤子,第四个人递钉子,他拿着相框……可这回相框掉了。

"噼啪"玻璃碎了一地,相片洒得到处都是,大家又忙着扫玻璃碴子,又忙着捡相片,又忙着去小商店买玻璃。小商店的玻璃卖完了,我外婆找了块透明塑料布把相框蒙上,总算修理好了相框,可是锤子又不知放哪了。

"锤子哪里去了?我刚才拿锤子干什么了?你们五六个人站在这儿,居然看不住一个锤子!"我爸站在梯子上嚷嚷。

大家把锤子找到了给他,可是他又觉得先前选定挂相框的地方不对。"应该挂在八仙桌上面,每天吃饭时都能看到。"他说。可我妈不同意,我妈坚持把相框挂在大门正对面,那里有一只五斗橱,我妈说:"一进门就能看见多好。"

于是,两人吵起来,我妈一生气,丢了梯子去做别的事,梯子一歪,倒了,我爸重重地摔在地上,砸到了猫,猫"喵呜"惨叫着蹿到我弟头上,把我弟的脸抓破了,我弟"哇"地哭了,外婆拿起扫帚打猫,猫慌不择路向我冲来,我身子一闪躲过了猫,却被脚下的梯子绊倒,摔了个嘴啃泥,门牙磕掉了,满嘴是血。大姐二姐去追猫,外婆扑向弟弟,我妈拎起地上的我,帮我止血,我爸坐在地上大吼大叫……

还好有猫垫了一下,我爸摔得不厉害,他爬上梯子又试了一次,相框终于挂上了墙,一家人都筋疲力尽,满心不悦。弟弟破了相,我没了门牙,我爸却看着相框,无比骄傲地说:"瞧!小事一桩!"

用塑料布蒙着的相框在我家挂了三两年,后来,我外婆趁我爸不在家时换了块玻璃,重新挂上。

我爸回家看到崭新的相框,说:"嘿,相框挂在这里正合适!"

在这里插一段我爸做家务的麻烦,是为了陪衬我外婆的利落。在我家,我爸是指挥家,挥着手臂指东指西,我妈整天踩缝纫机,家里大小事情,由外婆操持。

外婆无所不能,无所不会。

三条腿的小板凳,外婆在树林里鼓捣一阵子,板凳长出腿来了,精巧又结实。

锄头把脱落了,外婆三下两下打上木楔,锄头就好用了。

漏勺漏网断了,外婆用细铁丝重新编一层漏网,照样用。

大笨碗裂口了,外婆用铁丝箍了,拿去给鸡盛水。

脸盆漏了,外婆烧塑料布补上;柳条筐坏了,外婆找几根新柳条重新编上。反正,在外婆那儿,可没一样坏了不能用了该扔了的东西。

不仅没有要扔了的东西,长腿的、长翅膀的东西还自个儿往家跑。

瘸腿流浪猫,雨夜叫得凄惨,外婆放它进门,给它治伤。第二年春天,流浪猫生了一窝猫崽,接着一窝接一窝地生,连续不断地生。只两三年的工夫,夏子街处处能看到黄白花猫,都是流浪猫的子孙。

出生几天的小猪,病了,被人扔了,外婆捡回来,我和弟弟围着小猪看。我说:"烤乳猪好吃。"弟弟说:"用黄泥裹了烧乳猪更好吃。"外婆说小猪能长成大猪,我们不信,要和外婆打赌,外婆给我们一人一巴掌,轰我们出门。第二年,小猪长成了一百多公斤的大猪。

在我家,做新衣是我妈的事,我妈会剪衣服样,会踩缝纫机,补旧衣就是外婆的事了,外婆能把一件破衣补出花来。

我套棉衣的外衣,本来是我妈的一件粗蓝布上衣,穿旧了改小了给我大姐穿,大姐穿小了给二姐穿,轮到我的时候,蓝粗布上衣旧了,布都有点儿糟了,但我穿上身就舍不得脱。因为上衣左口袋是一只小狗,右口袋是一只小兔,胸口和衣角开着各种颜色的小花,跟小狗小兔在花园里玩耍似的,其实就是衣服破了,外婆补的补丁。

如果外婆坐下来,手里没一样活计做,那是没法想象的事。她会坐着纳鞋底、绣鞋垫、补衣服,还捻羊毛线,我们就围拢来要外婆讲故事。外婆讲故事的时候,我喜欢盯着外婆手里的羊毛捻子,我看着那云朵般柔软蓬松的羊毛在外婆手里旋转成细线,羊毛捻子就像陀螺在冰上跳舞似的,捻出的羊毛线纤细又均匀。毛线在外婆手中染成红色、绿色,因为县城只有红色、绿色两种染料卖,所以我们的毛衣毛裤不是大红色就是大绿色。大姐不让外婆染色,她说她喜欢羊毛色的毛衣,我觉得大姐真傻呀,红的绿的毛衣多好看,羊毛色多难看呀。

四

外婆把一捧海棠果放在水渠边。奔向那粉红莹亮的海棠果时,我滑倒在一丛光滑的青菜上,一头跌进生长茂盛的土豆地里,爬起来时,我的脸上粘着绿色的叶片和白色的花瓣。再看弟弟,他先一步抓到了海棠果,满嘴都是海棠果酸甜的液汁。

我小的时候,从来没有缺过玩伴,我家有三女一男四个孩子,隔壁邻居每家都有三个四个孩子。许多孩子在一起,总有打有闹,争这个抢那个,我和弟弟就是,我们简直没有不抢的东西,一人一块发糕,我怎么看都觉得弟弟手里的比我手里的大,抢来换了;一模一样的糖块,我就认为弟弟的糖比我的甜,也抢来换了;天黑了要开灯,就非得一人拉一下灯绳不可,那灯泡就一会儿灭一会儿亮忽闪着,直到我们的注意力转移了才能真正亮起来。

最抢手的是外婆,我们常常一人抱着外婆的一条腿,一个说:“我的外婆!”另一个喊:“我的外婆!”一个比一个喊得撕心裂肺。一个趴在外婆背上,另一个就非搂住外婆的脖子不可,外婆只好背一个抱一个,或者左手一个右手一个牵着。

外婆去菜园做活儿,我们也跟到菜园。

菜园每家一片,铃铛刺做篱笆墙,每家种的东西都差不多,蔬菜瓜果,春天撒下种子,夏天的时候,黄瓜、葫芦、南瓜的藤蔓就爬满篱笆了。

一进菜园,立刻就是另一个世界了。

一进菜园,外婆就不理我们了,她手脚不停地忙,她在菜地锄草,露水把裤脚打湿了,可她的眼睛瞧着金灿灿的南瓜花呢。蜜蜂忙忙碌碌从一朵南瓜花飞到另一朵,外婆比蜜蜂还忙,她灵巧地摘下雄花,对接到雌花的花蕊里。中午,南瓜花煮在汤里、揉进花卷里,脆生生的,非常好吃。

一进菜园,我和弟弟也不抢外婆了,我们各自奔向喜欢的东西去了,我奔向西红柿、黄瓜,奔向西瓜、甜瓜、小梨瓜,奔向苹果树、海棠树,弟弟则奔向那些土堆。

我总要吃饱了才能高兴地玩,土堆里的虫子——蛐蛐儿、蚂蚱、蚯蚓、屎壳郎比鲜红的西红柿、脆生生的黄瓜、西瓜、甜瓜、苹果、海棠果对弟弟更有吸引力一些。

苹果树的枝杈都向着四周生长,跟人弯腰鞠躬似的。苹果树粗壮又低矮,我们摘苹果时都不用踮脚,伸手就能摘上,大人摘苹果还得弯下腰呢。

夏子街的冬天冷,苹果树都要埋进土堆过冬,就像小孩子冬天要穿棉袄棉鞋一样。过了冬天,那些土堆不用当棉袄了,它们闲着没事,生出许许多多虫子。我们就在土堆上爬上爬下捉虫子玩,我们玩着笑着,笑声不知有多大,简直把土堆里的虫子都吵烦了,虫子们纷纷爬出洞穴,到外面来看个究竟。

海棠树不用埋进土堆过冬,所以海棠树的树枝不用绳子捆,不用人工压，它们由着自己的性子自由地长，使劲地长，它们通常长得直而高。海棠果熟了，红红的惹人喜爱，可是我们踮起脚也摘不到，拿土块砸也砸不下来，又不能爬上去坐在树杈上吃，海棠树的树杈通常很瘦弱，还没有弟弟的胳膊粗，树枝上结满海棠果，却坐不住一个小孩子。

秋天，外婆给海棠树扎一层麦草，说是给海棠树穿冬衣。麦草衣一点儿也不暖和，我试过，我脱了棉衣，钻进麦草堆，在身上盖上厚厚的麦草，结果冻病了。麦草衣也一点儿都不结实，第一场寒风吹过，麦草就七零八落，四处飞散了。

外婆给海棠树穿麦草衣，不知是骗我们还是骗海棠树。

可能是骗我们吧，不论多冷的天海棠树都没冻死，它们年年春天开花，夏天果子成熟了，我们央求外婆摘果子给我们吃，可是外婆只肯摘少量的果子给我们，她说要留一些果子给喜鹊吃、给燕子吃，给成群结队飞来的太平鸟吃。

那些鸟雀，不仅飞来吃果子，还衔着麦草来筑巢，它们也要过冬呢。

五

最厉害的还是做吃的。

外婆做的腊肉天下第一，鲜猪肉放到红柳枝上熏，熏好后的肉再挂在屋檐下吹风。

春天，戈壁滩的黄羊开始哺育幼崽，小鸡一群一群跟在母鸡身后啄食，菜园里的青菜刚刚冒出芽来。

春天是戈壁人家青黄不接，嘴巴最为寡淡的季节。人们的锅里碗里，多是菜窖里储藏的土豆萝卜白菜和咸菜坛子里的腌菜。

而那深褐色的腊肉，一条一条，像倒挂着的琴键，灵巧的风之手在琴键上弹奏,腊肉便在阳光下发声。不仅如此,还渗出闪闪发光的油星儿,那油星含着肉的浓香,荡着红柳的清香……

于是,每个路人都会停下来发一阵感慨。

女人们赞叹:"多好的腊肉,蒸好了像水晶一样,刘家婆婆,今年一定要带着我们做一些呀。"

男人则流着口水:"多好的腊肉,如果能就着喝两杯,啧啧……"

小孩子看着更是受不了,有的男孩子趁着天黑爬上房顶偷腊肉。

不仅人看着馋,猫狗也馋,一会儿没人盯着,猫就蹿上了房梁,狗则在房檐下又叫又跳,天上的老鹰一个俯冲,它也想抢腊肉吃。

于是,腊肉转移到了厨房,在厨房黑乎乎的房梁下闪着油汪汪的光。家里的孩子,啃一口苞谷面发糕看一眼腊肉,吃一口白面条看一眼腊肉。外婆一点儿也不为所动,腊肉是专门招待客人的,外婆一边说"可不能给你们这些馋猫全吃了",一边后悔去年没多养一头猪,多做些腊肉。

我们姐弟四人开始密谋钓腊肉,弟弟拉着外婆说话,大姐溜进厨房,我和二姐爬上房顶,我们从天窗把绳索递给大姐,拉上来时,绳索上是一块油亮的腊肉。

大姐离开厨房,故意在外婆面前走一圈,交给外婆一样东西,或者向外婆要一样东西,再顺便向弟弟挤挤眼。

然后,我们在水渠边垒了炉灶,燃起柴火,煮腊肉吃。

煮熟的腊肉,肥的晶莹剔透,入口即化,瘦的又香又有嚼头。我们在光石头上切腊肉,用带的馍夹腊肉吃,吃得满手满脸都是油。闻着腊肉香来蹭吃的孩子也不少,我们特别欢迎边疆,他家是山东人,他妈烙的山东煎饼卷腊肉最好吃。

如果人特别多,每人吃一口也不要紧,反正大家一起吃,又笑又闹非常开心。

我那时就知道,同样的东西,在野外吃比在家好吃,大家一起吃比独自嚼好吃。

煮腊肉的地方,一般离家较远,是只有孩子才能找到的秘密地方,风不能把腊肉的香味带回家,也没人把偷吃腊肉的事情告诉外婆。

外婆看着房梁上的腊肉一天天变少,非常奇怪,她嘀咕:"是被耗子拖走了?还是被猫吃了?"

我们四个就偷偷地笑,谁也不告诉她。

往年,我家的腊肉能吃到八九月,春天养的猪长大,能出栏接上了。那年,五月末腊肉就吃完了。

六

在菜园干活儿,天上一点儿云彩都没有,外婆头上顶着一条白毛巾,用来擦汗,我和弟弟头戴自编的柳条帽。蚂蚱在草丛中跳,就去捉蚂蚱,蝴蝶在南瓜花上飞,又去追蝴蝶。有时,只顾捉蚂蚱、追蝴蝶,哪管脚下有辣椒苗,哪管架上有黄瓜藤,那些辣椒苗、黄瓜藤被我们踩断的也有,把我们绊个嘴啃泥的也有。绊个嘴啃泥自然"哇哇"哭,哭了不用哄,只要外婆说"来,婆给讲故事",我们立即破涕为笑,安安静静地听故事。

到戈壁打柴,外婆慢慢地走,我俩紧紧地跟,生怕漏掉外婆的哪句话。弟弟步子小,还贪玩,看到野兔要去追,看到小鸟要打招呼,被我抓回来,吵着外婆再讲一遍,外婆就重新讲。羊群到了草场,自由地去吃草,祖孙三人在一丛红柳、一丛梭梭柴的阴影下坐下,外婆接着讲故事。

夏天的傍晚,太阳落山了,晚霞像火一样燃烧起来,映红了半边天。孩子们在门口玩沙包、踢毽子、捉迷藏,只要外婆搬了小板凳往门口一坐,就围上前嚷,"婆,讲故事""婆,昨儿讲哪了?""婆,再讲一个鬼故事",外婆就开始讲故事。这时,鸡呀鸭呀羊呀都回到圈里了,狗停止了叫唤,母牛也不出声了,挂在天上的星星也眨着眼听外婆讲故事。

冬夜更是讲故事的好时光,一家人围坐在红红的炉火旁,一边喝奶茶,一边听外婆讲故事。不一会儿,埋在灶膛灰里的土豆熟了,外婆用火钩子把土豆一个一个钩出来,吹去土豆皮上的炉灰,再一个个送到我们手里。我们吃着热腾腾的烤土豆,继续听外婆讲故事。

有时,大锅里熬着甜菜疙瘩,我们一边听故事,一边看着外婆有一下没一下地搅着大锅。甜菜疙瘩要熬很久才能熬出黑褐色的糖稀,趁热用勺子一搭,那糖丝能扯出好远去,糖稀趁热夹馍、拌粥都好吃得不得了。于是,熬甜菜疙瘩的夜晚,谁也不瞌睡,非得等糖稀熬好,蘸着馍吃上一口不可,否则等第二天,糖稀凝固成深红半透明的糖疙瘩就不那么好吃了,全家人也感受不到深夜一起吃夜宵的快乐了。

我家住房紧张,屋里放着高低床和一张大床。外婆和弟弟睡大床,我和二姐一个被窝,大姐睡在我们上面,我们睡前一定要听故事。有时候,邻居家的孩子也跑来听故事,高低床上床坐着两三个孩子,下床坐着四五个孩子。大家一起喊:"婆,讲故事!"外婆通常装模作样好一阵子,一会儿要喝水,一会儿要拿脚凳,一会儿她的羊毛捻子又找不到了。我们又喊:"婆,天都快亮了!"终于开始讲故事了,大家安静下来,听着故事就睡着了,我家七八平方米的小屋里有时睡七八个孩子,最后,外婆也挤在孩子堆里睡着了。

牛郎织女的故事,嫦娥奔月的故事,白娘子的故事,我们不爱听了,外婆就讲宝莲灯的故事,狐狸精的故事,就讲蛇精猪精的故事,就讲妖魔鬼怪的故事,常常吓得我们夜里不敢关灯,挨着外婆才肯睡。外婆识字不多,却有一个当说书先生的爸爸,就是我太公,外婆小时候常跟着太公四处听书,这些故事一直留在外婆的脑子里,讲起来跟流水一样,汩汩而来。

外婆还会编故事，有时候，外婆问："今天想听什么故事？"我说："要听小鸭的故事。"弟弟说："要听老黄牛的故事。"外婆就编一个《小鸭子学当妈妈》的故事给我，编一个《偷牛贼》的故事给弟弟。大姐二姐都是小学生，晚上她们有作业要做，外婆讲故事的时候她们总凑上来听故事，作业做不完又哭鼻子，外婆就不让她们听故事了。外婆带着我和弟弟去树林里月亮下讲故事，冬天就在里屋，在被窝里讲故事。

外婆讲故事也没个准，比如讲月亮上有一棵树，长得高大又茂盛。可月亮上长着一棵什么树呢？一阵子，外婆说月亮上长着核桃树，月圆之夜，嫦娥采了核桃丢到人间，害得我们总在月圆之夜满地找核桃；又一阵子，外婆说月亮上长着桂花树，吴刚拿着斧头砍树，可一万年也砍不断；再一阵子，她又说，月亮上长的是胡杨树，是从戈壁滩搬上去的，至于谁搬上去的？怎么搬上去的？外婆今天说是大风吹上去的，过两天又说是嫦娥放下钩子钩上去的。

有时，我们生气地跺脚，说外婆编瞎话。

我们说："外婆是骗子，再不听外婆讲故事了。"

可是到了夜里，我们一样大喊："外婆讲故事！"不听故事，我们睡不着。

听外婆讲故事，特别是蛇精、猪精、可怕的妖魔鬼怪的故事，我们不免产生幻觉。一次，大人都去田里干活儿，留我和二姐在家，刮大风了，风"呼呼"地吹，树叶"哗哗"地响，天空尘土飞扬，乱草四处飘散，我俩吓坏了，这间屋子有蛇精现身，那间屋子有妖怪作法，天上有天兵天将来抓我们，我们紧紧地搂在一起，蜷缩在床上瑟瑟发抖，直到大人们回家。

还有一次，我和弟弟跟外婆去离家四五公里的戈壁滩放羊。那天，外婆讲的是《狼来了》。一会儿我们渴了，外婆对我俩说："你俩看着羊群，别让狼吃了，外婆回家给你们拿吃的、拿水去。"外婆走了，大戈壁只有我和弟弟,我领着弟弟看羊群,我走哪弟弟跟哪。过了一会儿,我问弟弟:"你怕狼吗?"弟弟说:"怕,姐你怕吗?"我半天才说:"我……怕……狼来了我们怎么办?"我俩再也没心思看管羊群,哆哆嗦嗦躲在一丛红柳堆下,心里充满了恐惧和忧虑。我越想越怕,"哇"的一声哭了起来,弟弟也跟着大哭,我俩哭得嗓子都哑了,也没见外婆来,最后哭累了就在红柳堆下睡着了。

七

我家门前有一棵大榆树,外婆每天提水浇灌它,洗菜洗脸的剩水也给它喝,洗衣服的脏水却不行,这是外婆的规定:大榆树只喝清水和有营养的水。

春天,大榆树开满了新绿的榆钱,吃罢榆钱,小喜鹊就从鸟巢起飞了,有时候小燕子也一起飞,它们常常为争夺虫子争吵不休。到了冬天,大榆树上结满了冰凌,太阳一出来,那冰凌就发光了,它们闪烁得和水晶灯一样。

冬天一到,夏子街人就准备过年了,敲钟人阿宝在俱乐部门前贴起大红对联,挂起两盏红灯笼,老胡杨的枝杈上也挂起了两盏红灯笼,这样,整个小广场就张灯结彩了,就有了过大年的喜庆。

晚饭后,人们都愿意到小广场走一遭,在红灯笼下站一站,说两句闲话,但人们是站不久的,零下二三十度的严寒驱赶着他们走上回家的路,走向温暖的火炉。其实他们是来相约的,去谁家打牌喝酒,去谁家唠嗑、包饺子、织毛衣、纳鞋底都在这一刻定下了,定下后就"呼呼啦啦"散去了,小广场只留下不怕冷的孩子们。孩子们穿着大棉袄、大棉鞋,戴着护耳帽,在水井边的冰场滑冰、坐爬犁、打牛牛、打雪仗,玩着跑着闹着,护耳帽就摘下来挂到老胡杨的枝丫上了,老胡杨戴着许多帽子,就跟身上长出许多耳朵一样。

快天亮的时候,玩尽兴的男人们借着红灯笼的光回家了,他们眯起迷离的眼看红灯笼,盘算着过年要做的事,又眯起眼回家睡觉去了。

我爸也买了红灯笼,他把灯笼挂到大榆树上。要过年了,来来往往的人渐渐多了。

外婆是全夏子街最年长的老人,出于礼貌,孔连长常来看望,还因为孔连长的俄罗斯族老婆娜佳特别喜欢吃外婆做的辣酱。

老李叔来了,外婆在他儿子生病时开出一个土方子,非常管用。

老展叔来了,外婆没少帮忙照管他的儿子狗娃。

商店售货员秦姨也会来,她是全夏子街最高傲的上海知青,平时看不起这个,瞧不上那个,但她喜欢吃我家的酸菜,喜欢外婆。

左邻右舍都会来,没有一户人家没有吃过我家的腊肉、酸菜、萝卜干、豆豉、霉豆腐……没有一户人家的孩子没有受过我外婆的照料。

两瓶水果罐头、一包糕点、一包糖,还有两只野兔、一条黄羊腿……送来的礼物,外婆都笑着收下,又把家里现有的东西送出去,从不让人空手走出家门。

夏子街人知道礼尚往来,走亲访友一定带着礼物,那礼物虽然都是普通的吃食,却大多不是拿来吃的,它们常常是从东家走到西家,过几天又会在南家北家看到。一次,我爸在一瓶水果罐头上做了记号,罐头大年二十八进我家门,二十九那天,我爸送给张阿婆。大年初二,罐头由另一双手送到我家,我爸又将它送出去,十五之前罐头两度走进我家。还有一包蛋糕,夏子街没有蛋糕房,蛋糕得去团部或者县城买,因此就很珍贵,一包蛋糕在正月里三度流经我家,大年十五那天,我们四个孩子欢天喜地分享了一份长了霉的蛋糕。

要过年了,家家户户都为新年做着准备。男人杀猪宰鸡,去戈壁滩套兔子猎黄羊,尽其所能预备过年的肉食。女人们赶着纳鞋底做棉袄,改制的也好,缝补的也罢,无论新旧,过年总得给孩子换一身干净得体的衣裳。准备好新衣又得准备食物,油果果、麻叶子、江米条总得炸一盆,饺子也得包几面袋子,自家养的、戈壁滩来的肉食都卤好烧好了冻在门房里,喝酒的时候拿一些进来,化开就吃了。

大年初一那天,外婆穿着干净的蓝布大褂,坐在八仙桌前等着人们来拜年。孔连长总是第一个来,他嗓门极大,笑声也爽朗。孔连长拜年既不作揖,也不磕头,他瘸着腿,身板却笔直,他向外婆行军礼,外婆就向他鞠躬,倒似外婆向孔连长拜年。

孔连长走了,大人孩子就都涌进我家了,有磕头的,有作揖的,外婆不停地应礼,把腰弯成了虾米。我爸我妈又是寒暄问好,又是递烟倒茶。我们四个孩子结朋携友去各家各户拜年了,无论到谁家都能得到一两块水果糖,到了傍晚,我们聚在一起比谁的糖多。

有一年,我舅从陕西来夏子街过年,家家户户轮流请他吃饭,从初一到大年十五,还有许多人家排队等着呢。

临走的那个夜晚,我舅赴宴回来,他让我爸带他去戈壁滩看看,我跟着他们。我们走过小广场,走过小白杨树林,走到一片冬麦地,我爸扒开白雪,让舅舅看绿色的麦苗,那些麦苗要在雪被子下一直睡到春天呢。

我们在白雪覆盖的原野上行走,我走不动了,就趴在我爸背上听他们说话。雪原广阔无边,从脚下一直延伸到地平线,寒风把雪原皱成极细的波浪,月光不像照在河水上那样,闪着一片一片的金光,而是把雪原映照得跟白天似的,似乎戈壁滩上的人,伸手就可以把月亮从胡杨树的树梢上摘下来似的。

一只野兔从红柳丛蹿出来,在雪原上跑出长长的身影,然后消失在地平线上,我舅说,夏子街真是个好地方。

第六章　开天眼的孩子

一

夏子街的一切都是从无到有。

一大片的戈壁滩，本来没有什么，没有人，没有田地，没有房子，没有树林，没有鸡鸭猪狗。

"嘀嘀嘀"，汽车响，车厢装满了人，有上海天津知青，有山东河南复员军人，也有逃荒来的人……人来了，一切就都从无到有了。

大片的土地被开垦，就有了浑身长芒刺的麦穗、留胡须的苞谷棒、跟着太阳转头的向日葵和各式各样的蔬菜瓜果。

一排一排土坯房盖起来了，人就安居了。

春天，修了鸡圈，母鸡"咯咯哒、咯咯哒"闹着抱窝了，二十一天就有一群毛茸茸的小鸡崽"啾啾"啄食。猪圈有了"哼哼"的声响，羊圈有了"咩咩"声，牛圈有了"哞哞"声，到了晚上，狗吠声也此起彼伏。

种上树，渐渐成了林。又一个春天，白杨树的毛絮飞得满天都是，沙枣花的浓香让人止不住地打喷嚏，柳笛的轻哨声也忽高忽低令人心醉，家家户户都吃上了榆钱团子。

有了人家，有了树林，就有了鸟来筑巢，燕子在屋檐下飞，麻雀在树梢上跳，电线上站着几只乌鸦，柴火垛上落了老鹰。到了傍晚，布谷鸟"布谷、布谷"的鸣叫又清脆又响亮。夜里，猫头鹰的鸣叫又给人凄凉的感觉。

夏子街的一切都从无到有，可是我一点儿也不知道，我以为一切就应该是那样的，它们都好好地待在那里，让我看到，让我听到，让我吃到。

房子就应该是一排一排的，树就应该是成片成林的，屋后的柴火就应该越垛越高，鸡鸭猪狗就应该在房前屋后"叽叽嘎嘎哼哼汪汪"，我家的大黄猫就应该不时地叫春，不时又有许多小黄猫从院墙后、从柴火垛、从床底下，或者从哪个旮旯里跑出来。

还有，水库放水浇田的时候，就应该去水渠抓小鱼；男孩子就应该去戈壁滩套兔子；麻雀就应该被串在树枝上烤得油汪汪。在戈壁滩抓到一只刺猬，就应该带回家，裹上泥丢进铁工房的炉火里烧。刺猬肉香极了，还有戈壁滩的黄羊。

二

我妈是喜欢羡慕别人的人，她总拿我爸跟老李叔、老马叔比。

老李叔去戈壁滩放羊，枣红马时不时在门前嘶叫，马上五六只野兔也有,三四只黄羊也有,山上的野葱野菜也有,挖了大芸、捡了头发菜还能换钱。

老马叔更不得了,老马叔一天不去戈壁滩胸口就发闷,心里就长毛。老马叔骑马回来,马的这边挂着两只黄羊,那边也挂着两只黄羊,有时甚至是三四只黄羊。

我妈称他们"有本事,能搞东西回家"。

有一阵子,我妈竟然羡慕起老展叔来。

"竟然"这词是我爸说的,我爸读过不少书,说话文绉绉的,还喜欢咬文嚼字。我爸说我妈嘴巴馋、眼光短,"竟然"羡慕一个老单身汉和他的傻儿子。我爸说:"我的儿女以后都要上大学,都要识文断字,那可比在戈壁滩套只野兔、夹只黄羊出息多了。"

我们也都觉得老展叔没什么可羡慕的。

老展叔做过一些错事,没有女人愿意嫁给他。本来单身汉的日子也不难,一个人吃饱全家不饿,走哪吃哪,醉哪睡哪,没什么牵挂,可偏偏他又回老家抱回一个儿子来,取名狗娃。

老展叔拿狗娃当小狗养,他熬了粥,就盛在盆里,由着狗娃趴在盆边舔粥。老展叔说:"饿了知道吃就能养活。"

没奶吃的狗娃没白天没黑夜地哭,哭声搅得全夏子街的妇人都不能安睡。鼓胀着奶水的妇人放下自己的孩子抱起狗娃,一边咒骂着一边撩起衣襟,狗娃一口嘬住奶头,狗娃嘬奶的劲儿比戈壁滩的小狼还要凶猛。

喂了奶,便有做妈的欲望,给自家孩子缝个袄,旧的脏的那件就给了狗娃。给自家孩子做双鞋,小的破的那双就穿在狗娃脚上了。这家端碗粥,那家又送来两块三块苞谷面发糕,再不够吃,老展叔到戈壁滩摘点儿挖点儿,含糊着,狗娃会爬了,会走路了,会说话了,会打酱油了。

狗娃五岁时,虽然衣服破破烂烂没人补,鼻涕流到下巴颏也没人擦,却还聪明伶俐。老展叔累了，狗娃能给捶背；老展叔喝醉了，狗娃能领他回家。家里没什么了，老展叔也派狗娃去借，邻居见狗娃身子小嘴巴甜，又有爹没妈的，知道有借无还也都借给他。

狗娃六岁那年，好像是春天，我外婆去老展叔家寻大黄猫，老展叔家的门开着，我外婆走进去，看见狗娃在一堆破破烂烂的棉絮里一动不动，我外婆伸手一摸，嘿，跟火炭似的。

从那以后，狗娃就不怎么说话了，即使说话，也是木木讷讷，口齿不清，对他说什么他都似懂非懂的。

狗娃八岁时，我妈给我六岁的二姐缝书包，给狗娃也缝了一个。可我姐升到二年级了，狗娃还是一年级。朱校长送狗娃回家，他对老展叔说："一年都没教会展进同学从1数到10，恐怕是学不会了，恐怕要去医院看看。"

展进是狗娃的学名。

也不知道老展叔是怎么想的，好像狗娃傻不傻不关他的事，狗娃能不能从1数到10也不关他的事。

老展叔不养鸡，也不养猪，顶棚旧了也不忙着糊，炉灶塌了也不忙着垒。冬天，别人家都挂棉门帘了，窗户都用透明塑料布密封了，他家的门还跟夏天一样吱吜吜响，冷风从窗缝里呼呼地灌进去，窗台上、墙根边结着白霜。

老展叔忙着打牌喝酒，喝了酒老展叔还是醉哪睡哪，常常忘记家里还有一个儿子，也没人问狗娃有没有饭吃，衣服有没有人洗，被子暖不暖和。

可是狗娃却没辜负谁，被风吹着长，被线扯着长，好像前几年栽下的小白杨树苗，天没怎么下雨，人们也没怎么浇水施肥，一年一年就长大了，长高了。

白杨树根扎在地底下，根基稳，又能吸收地下水，狗娃吃了上顿没下顿，却也长得壮壮实实。

狗娃总算能从1数到10了，不仅能数到10，有一次竟然数到100。

教会狗娃数数的，也不是学校。

狗娃十岁了，也还没升到二年级，他想上学就搬个板凳坐在最后一排，不想上学就随意到什么地方逛也没人管。老师不管他，校长也不管他，不用交作业，也不用考试。朱校长说："展进同学上课不说话，不影响其他同学。"

狗娃经常去戈壁滩逛。老李叔赶着羊群去放羊，狗娃也跟着，老李叔骑马跑，狗娃跟着马屁股跑。一次，老李叔放羊，突然有急事，就对狗娃说："狗娃，98只羊，一只不少全赶回家。"老李叔说完就骑马走了，老李叔忘记狗娃不能数到98，连10都数不到。

黄昏的时候，老李叔问："狗娃，赶回多少只羊?"狗娃说："98只。"老李叔不信，让狗娃再数一遍，狗娃说："98只。"

事后，老李叔说："狗娃心里有数呢。"

没人相信狗娃心里有数，心里有数的人应该是大明那样的，大明每次数学都考100分，大明不仅心里有数，考卷上也有数。

大明是朱校长的儿子，和狗娃一般大。男孩子一起玩时，大明最喜欢在地上摆一堆石子，要狗娃从1数到10，再数到100，数不到就弹狗娃脑门。狗娃的脑门被弹出一个又一个大红包。

一次，男孩子们哄笑着跑了，狗娃还盯着石子看，突然说："15。"我和二姐正蹲在附近玩，我姐听到后一数果然是15个石子。我姐又抓了些石子放在狗娃面前，狗娃盯着看了很久，说出了一个数，我姐一数结果就是那个数。我姐说："狗娃不傻，狗娃心里有数呢。"

我外婆也说狗娃心里有数。一次,我外婆在门房切猪草,狗娃在一旁拿着弹弓打麻雀,一只麻雀中弹了,狗娃捡起麻雀交给我外婆,狗娃说:"婆,弹弓是你给的,麻雀给你。"我外婆一听就乐了。弹弓是我外婆三年前做的,我外婆说:"狗娃记得六岁以前的事。"

狗娃经常被欺负。男孩子玩打尜尜,板子不打在尜尜上,挥到了狗娃头上,一板子就是一个大包;男孩子用弹弓打麻雀,自制的泥巴弹不往树上射,不往天上射,单往狗娃身上射;男孩子爬树掏鸟蛋,狗娃爬上最高最直的树,掏到的鸟蛋狗娃一个也吃不到……

如果去菜地偷黄瓜,狗娃又是极好的帮手。狗娃腿长,多高的墙头都能翻过去;狗娃手大,一次可以抱很多黄瓜。但如果看菜园的人来了,男孩子一溜烟就跑了,跑不掉就异口同声:"狗娃偷的,狗娃是小偷。"

偷瓜也这样,偷苹果也这样,偷掰嫩苞谷也这样,只要狗娃在,挨打受骂的就只有狗娃。

三

白杨树叶和草叶上都闪着晶莹的露水。大田里金黄的麦穗,使空气中飘散着麦收时节特有的欢笑。

麦收不关狗娃的事,他有更有趣的事做。他向着大戈壁滩走去,带着麻绳,和一大把马尾。

狗娃去戈壁滩愿意一个人,他从不呼朋唤友,连两人同行都不愿意。狗娃在戈壁滩行走,红柳、梭梭、芨芨草都给他引路,它们把狗娃引到一片沙地,沙地上卧满了小圆球,那圆球可不是戈壁滩四处可见的石子,它们是呱呱鸡蛋,麦收时节,呱呱鸡跑来产卵孵蛋了。

狗娃抓起几枚蛋,一只只嗑进嘴里,蛋液温暖腥臊的气息让他有饱足感,相比锅里煮的东西,狗娃更喜欢生食。

其他聪明伶俐的少年,如果要坐下,会坐在一片红柳的阴凉下,会坐在一块石头的影子下,可是狗娃就坐在沙地上,狗娃在太阳底下流着少年的汗。

狗娃把马尾结在麻绳上,他结着呱呱鸡陷阱。

狗娃结得极慢,他一直结着,不管戈壁风吹出怎样的风景,也不管呱呱鸡在不远处飞起又降落,他只是结呀结呀,两只手看起来笨拙,却能把纤细的马尾结在麻绳上。

麻绳一头系在梭梭根上,在沙地呱呱鸡蛋之间蜿蜒回旋,来到另一边戈壁灌木的根部。

呱呱鸡陷阱设计了一条又一条,在沙地编织成网。

一只呱呱鸡觅食回来,一抬脚落进马尾陷阱,呱呱鸡起飞又下落,马尾越系越紧,呱呱鸡惊恐的翅膀痉挛般地扇动。

狗娃吸着鼻涕,两腮抽动,眼球骨碌碌转着,身子却一动不动,好像戈壁胡杨,根扎进泥土,总有几千年的时光。

狗娃欣赏呱呱鸡起舞,这场由他导演的呱呱鸡之舞令他痴迷。

黄昏时分,呱呱鸡云朵从远处的麦田飘来,这朵云带着嘈杂的呼哨声,遮蔽了狗娃头顶的整片天空,太阳一下子消失了,天空黑下来了,狗娃耳边充满了风声、呱呱鸡的鸣叫声和呱呱鸡拍打翅膀发出的噼啪声。

呱呱鸡对狗娃视而不见,它们当狗娃是一块石头,或者一棵站立不动的枯树。

呱呱鸡群降落,把夕阳还给狗娃,随之呱呱鸡之舞进入高潮。

我们都爱在树林边等狗娃,我二姐、二高、牛牛、我,还有好些孩子,反正今天这几个,明天那几个,每天都不固定。

狗娃从树林里走出来，脖子上挂着呱呱鸡串，肩上搭着呱呱鸡串，手里还拎着呱呱鸡串，两只手都满满的。

我们一堆人在水渠边手忙脚乱，烧一堆火，把呱呱鸡穿到红柳枝上烤，有时候烤得半生不熟就抢着吃了，有时候烤煳了、烤焦了，也抢着吃了。

一次我外婆路过水渠，她和了一堆泥，把呱呱鸡包裹起来，丢进火堆烧，泥干了，剥开来吃，嘿，真香真好吃。

后来，我们都学会了这种烧烤方法，呱呱鸡拿泥裹了烧，麻雀拿泥裹了烧，小鸡也拿泥裹了烧。

小鸡不能天天有，丢了鸡的主妇，会站出来骂街，就有人挨骂挨打。

呱呱鸡在戈壁滩飞，麻雀在树林飞，不是谁家的，公家账本上也没记，谁逮着谁吃。

狗娃捕的呱呱鸡最多，狗娃套呱呱鸡的方法也多。除了去戈壁滩设陷阱，狗娃还去水边设陷阱，呱呱鸡去水边喝水，一脚踏进马尾陷阱，跳一阵舞就掉进水里了。

在我看来，呱呱鸡是最笨的鸟，特别是晚上。

漆黑黑的夜，有人发现呱呱鸡的窝，破房子屋檐下也好，天然岩洞也好，人们盖房取料在戈壁滩留下的沙坑石子坑也好，呱呱鸡聚在一起，多则上百只，少的也有几十只。

人们用粘网把出口一堵，手电一照，有几只逮几只，上百只也能逮着，逮多了用麻袋装着扛回家。

大家都去戈壁滩逮呱呱鸡，我爸去过，老李叔去过，夏子街的男人都去过。

有逮十几只的，有逮一两只的，空手而归的也不在少数。

呱呱鸡再多再傻，再容易逮，也不是人人都能发现呱呱鸡的藏身之所，有人在戈壁滩跑一整天，也找不着呱呱鸡孵蛋的沙地；有人寻遍所有的破房子,走过了上百个天然岩洞,一片呱呱鸡毛也找不到。也有人在水边布置马尾陷阱,可呱呱鸡就是不来喝水。

可是,只要狗娃出马,呱呱鸡跟着就出现了,好像呱呱鸡跟狗娃约好了似的,专等着狗娃来逮。

狗娃逮回的呱呱鸡越来越多,我们吃不了,狗娃就拿回家。老展叔吃不了,就分给邻居,到谁家喝酒就分给谁,老展叔天天都有地方喝酒了。

大多数人家都有呱呱鸡吃了,男人用来下酒,酒也多喝几杯,女人和孩子用手撕着吃,满手满嘴油汪汪的。

人们吃着呱呱鸡,谈论着狗娃,说什么的都有。

大明妈说:"读书有什么好? 有鸡子吃才是正理。"好像她觉得大明考卷上的100分,远不如狗娃提来的十只呱呱鸡实惠。

乔家婶子说:"我也想有个儿子呢,像狗娃一样,天天有鸡子吃。"乔家婶说着,还瞟了一下她的三个女儿。这会子,乔家婶不觉得狗娃傻了。

老李叔说:"奇怪呀,那片戈壁滩我去了十几回了,也没发现呱呱鸡,狗娃一去就发现了。"再去戈壁放羊,老李叔就愿意带着狗娃了。

一天,我外婆说:"狗娃脑门上有第三只眼,是杨二郎下凡,狗娃能看到别人看不到的东西。"

本来,我外婆就那么一说,也没真看到狗娃脑门上的第三只眼。可是,我外婆的话被大明妈听到了,又传到乔家婶子耳朵里,只一顿饭的工夫,大伙儿就都觉得狗娃脑门上有第三只眼呢。

再见狗娃,人们就盯着狗娃脑门看,仔细看,狗娃右眼角与鼻侧之间真有颗黑痣。

狗娃的脸很少有洗干净的时候,也没人注意过狗娃,那颗痣又小。

现在,每个人都看见了那颗痣,越看越觉得就是杨二郎的第三只眼。

麦收季节很快过去了,人们逮到的呱呱鸡越来越少。

狗娃的第三只眼也不盯着呱呱鸡看了,他盯向跑来跑去的野兔。

一天,狗娃从戈壁滩回来,带回一只野兔。

第二天,狗娃带回三只野兔,接着,狗娃每天带回四五只野兔。

放暑假了,水渠边的呱呱鸡盛宴变成野兔大餐。

野兔不用拿泥裹了烧着吃,野兔剥了皮,穿在红柳枝上烤着吃。我姐最有耐心,她愿意守在火堆前,慢慢转动红柳枝,把野兔肉烤得焦黄。

狗娃最听我姐的话,我姐让干什么就干什么,我姐允许谁参加野兔大餐,谁就能吃到一块兔子肉。

吃完兔子肉,大家就在一起玩,捉迷藏、打杀杀、丢沙包,怎么玩都行。但如果我姐发现谁欺负狗娃,就大声宣布不跟那个人玩了。

那人立即被孤立了,第二天,野兔肉也没他的份了,以后几天,他只要靠近火堆,就有人赶他走。

狗娃不管这些事,他只管去戈壁滩抓野兔,晚上把野兔挂在树上三下五下剥了,交给我姐。

我姐要跟狗娃去戈壁滩玩,狗娃也同意。

不久,我姐就晒成了小黑蛋,脸上晒得脱皮了,身上的衣服也挂破了,可我姐一点儿不在意,一有时间,我姐就跟着狗娃跑。

我姐说,戈壁滩有好吃的呢。

我姐说,其实狗娃一点儿都不傻。

我姐说,狗娃跑得可快了,兔子跑得快,狗娃跑得更快,狗娃抓兔子是跟兔子赛跑得来的。

我也想跟他们去戈壁滩,我想看狗娃是怎么跟野兔赛跑的,可我姐不同意。我姐说,除了她,狗娃谁也不愿意带。

一次,我悄悄跟在我姐后面,我姐溜出家门,我也溜出家门;我姐走进小树林,我也走进小树林。我看见狗娃在树林边等我姐,我姐见到狗娃后也不停下,就只顾往前走,狗娃跟上,刚出树林,狗娃就拉着我姐跑了。他俩一跑,我就追不上了,我眼看着他俩越跑越远,慢慢消失在地平线上。

四

到了九月,白杨树叶、沙枣树叶都变黄了。戈壁滩上的梭梭、芨芨草黄的黄,白的白。

刮起风来,树林就"哗啦啦"地响,黄了的树叶飞得到处都是,它们不单落在树根下,还飘到水渠里,还飞到门前、窗台上,我外婆就每天拿着大扫把"哗啦哗啦"扫。

下雨了,家家户户门前都起了泥浆,房檐滴下泥巴水,再出门都穿着胶筒鞋,谁也不愿意穿布鞋出门,那一鞋的烂泥巴,可难洗呢。

打雷闪电下冰雹的天气,本来不应该发生在九月,往年九月,总是好大的太阳挂在天上,瞧着夏子街人收苞谷、收葵花、收油菜、收黄豆。

太阳偏爱夏子街人,到了秋获季节,天天好太阳,云也很少来,即便云来了,也都雪白雪白,又高又远地飘着。

可是,那年九月,太阳偷了几天懒,狂风、暴雨、冰雹就趁机登场了,而且来势凶猛。

傍晚,我妈去门房提煤,我跟在后面。一道闪电打在白杨树梢上,又一道闪电向着房檐猛击,我妈丢下煤桶,拉起我就往家跑,我妈用力大,我两脚离地,被我妈拎进家门,她把震耳欲聋的雷声关在门外了。

雷电交加,风雨大作,我妈手忙脚乱,顶门杠、扁担、铁锹把拿来顶门。瞬间,鸡蛋大小的冰雹砸在玻璃窗上,我爸妈又急忙用棉被堵窗户,我爸说地里的庄稼全完了。

第二天一早,老李叔把我家的门敲得震天响。老李叔喊:"老杨,快去看,牛被雷劈死了。"

"牛怎么会被雷劈死?"我们都跑去看牛。

一头牛躺在泥巴里,头上有一处被烧焦了,身上也有几处被烧焦了。

许多人围着牛看,有的说,雷电劈死牛,第一次见;有的说,昨晚的闪电太大,一辈子也难碰到;有的说,怪赶牛车的,晚上没卸套,雷击中了套牛的铁链。

大伙儿正说着,老展叔来了,老展叔把我爸拉出人群。

老展叔说:"狗娃昨晚没回来。"

狗娃去戈壁滩闲逛,早上出去,天黑了知道回来。

昨晚打雷、闪电、下冰雹,戈壁滩没有房子、没有山洞,狗娃去哪躲呢?

狗娃被雷电击中了吗?

大家都不看牛了。牛死了,多谈无用,夏子街更讲实际,他们讨论救援。

两个小时后,救援小分队出发了,有的骑马,有的骑自行车。之所以要等两个小时,是在等太阳把大地晒一晒,泥泞的戈壁滩没法走。

其他人该做什么做什么,该下地下地,该喂鸡喂鸡,该上学上学。

可是下地的、喂鸡的、上学的人们心里都惦记狗娃呢。

收葵花的人割下一饼葵花,也感慨:"就这么死了,可怜见的。"

掰苞谷的人掰下一棒苞谷,也哀叹:"没过一天好日子呢!"

上学的也没心思读书,他们想:"谁去抓野兔、抓呱呱鸡呢?"他们惦记着水渠边的烧烤大餐。

我外婆买了一块牛肉煮在锅里,她说:"狗娃喜欢吃牛肉呢。"说着,我外婆眼泪"哗哗"地流。

晚上,骑马的人回来了,骑自行车的人回来了,开吉普车的人也回来了,全都摇头,全说没找着狗娃。

第二天又去找,第三天又去找,第四天不去了,眼看要打霜了,地里的东西还没收回来，人们要忙收割。

狗娃生不见人，死不见尸。

夏子街是安静的，尤其是夜晚，风静了，树梢不动了，灯熄了，家家门栓也扣紧了。只有看门狗偶然叫两声，狗觉得太安静了，想弄出点儿声响，也许是因为月亮光亮，狗感觉到了孤单。

老展叔的哀号被安静和孤单放大了，老展叔的悲苦被月的光亮照得清清楚楚，老展叔在夜里喊着狗娃的名字，老展叔又喝多了。

我外婆说，狗娃发烧变傻时，老展叔也这么喝酒，也这么哭。

这一天，也许是狗娃走后的第八天，也许是第九天，我记不太清楚了，总之是一个夜晚，我和外婆正躺在床上等候老展叔开场。

不久，我听到一阵汽车喇叭声，接着是一些杂乱的声音，汽车行进的咣当声，很多人走路的踢踏声，敲门的噼啪声，爱凑热闹的黄狗亮开了嗓门，拴在门口的驴也高亢着叫了一两声，好像受到惊吓了。

又过了一会儿，传来老展叔的惊叫声："狗娃？狗娃回来了！"

我外婆穿衣裳起来，牵着我姐和我，我爸我妈也跟在后面，等我们跑到老展叔家，大卡车停在他家门口。

老展叔家亮着灯，灯下坐着两个陌生人和狗娃。

黑黑瘦瘦的狗娃，和平时一个样，老展叔跟他说话也不接茬，我外婆跟他说话也不接茬，谁跟他说话都不接茬，他就只是笑，傻傻地、空洞无物地笑。

好像老展叔的哭、老展叔的喜都跟他无关，好像屋子里的人都不是为他来的，说的话也不关他的事。好像他根本就没站在屋子里，没站在灯光下。

陆续又来了一些人，没有不为狗娃回来感到惊奇的，没有不为狗娃回来感到高兴的。

汽车是钻井队的,钻井队在距离我们不远的沙漠打井。

说是不远,也有三四十公里,我听我爸说过,他说古尔班通古特沙漠长着许多梭梭柴,还有红柳,春天的时候,那沙漠才好看呢。

送狗娃回来的人说,狗娃在沙漠里晕倒了。是饿得渴得晕倒了,是被太阳晒得晕倒了,还是被雷劈晕倒了,来人没说,大伙儿愿意相信是被雷劈倒的。

又结实又健壮的牛被雷劈了,死了,狗娃被雷劈了却没事,这件事本来就很神奇。

老展叔洗了脸,还刮了胡子,眼角上、额头上的皱纹愈加清晰了,每一条都向上延展,每一条都在笑呢。我第一次看到老展叔这个样子,平常,老展叔不是喝醉酒哭,就是喝醉酒睡。

晚餐都有肉吃,吃肉的时候,我家谈论狗娃,又提到杨二郎下凡。

外婆说:"被雷一击,狗娃的天眼开了。"

我爸:"那是迷信,别信。"

我外婆就瞪我爸:"什么迷信?没看到狗娃眼角那颗痣长大了吗?又黑又亮,跟葡萄似的,跟眼珠子似的。"

我爸就不说话了。

第二天,我跑去看狗娃,我不看别的,单看狗娃眼角的黑痣,那痣果然又黑又亮,跟葡萄似的,跟眼珠子似的。

人们都看狗娃的黑痣,越看,越觉得黑痣像又黑又亮的葡萄,像又黑又亮的眼珠子。

夏子街真小,一家人关起门说的话,不出一个时辰,全夏子街人都知道了。

一天早晨，外婆突然自言自语："怎么没听到狗娃说话呢？"

外婆刚睡醒，说不定又做了关于狗娃的梦，外婆总是神神道道的。

我想了想说："好像说过话，我姐让狗娃数石子，狗娃数完说'15'，我姐还说狗娃心里有数呢，然后就没听到狗娃说什么了。"

我和外婆的对话，就这么两句，就我俩知道，下午，人们都在谈论狗娃是哑巴了。我不知道话是怎么传出去的，难道是屋檐下的燕子？我和外婆说话时，我看见燕子飞来又飞走了。

就有人奇怪，"什么时候哑巴了？以前怎么没注意呢？"就有人去逗狗娃，狗娃也笑，也点头也摇头，跟他说什么也懂，叫他去门房提煤，煤一会儿就提回来了，让他去树林打麻雀，他拿着弹弓，一会儿就拎着一串麻雀回来了。

五

夏子街人在大田收获麦穗、苞谷、葵花，在戈壁滩收获呱呱鸡、野兔和黄羊，大戈壁赐予夏子街人食物，不去收获太没道理。

快过年了，我妈做新鞋，给狗娃也做一双；大明妈给大明买军帽，狗娃头上也戴一顶。同样的军帽，戴在大明头上又端正又漂亮，戴在狗娃头上怎么看都像偷来的。但总算是新的，狗娃长到十三岁，穿新鞋戴新帽还是第一次。老展叔说："瞧，我们狗娃，长成大人了。"

再看老展叔家，挂上了棉门帘，窗户也糊上了，火炉旺旺地燃着。以前我们小孩儿挨家挨户拜年，都不去老展叔家，他家又脏又冷，又没糖吃。

这一年，老展叔不仅刷白了房子，烧旺了炉火，还准备了水果糖、高粱饴和又甜又脆的红苹果。还有人收购了老展叔家存的野兔皮、黄羊皮、狐狸皮,老展叔赚了很多钱。

我们从老展叔家出来,口袋装着糖,嘴里啃着大苹果。我姐招呼狗娃一起拜年。走到牛牛家,牛牛妈夸狗娃能干,给我们糖,却不让牛牛跟我们走了;走到大明家,大明妈也热情,也不让大明跟我们一起拜年了;二高家、云儿家也一样。往年,我们从哪家出来,哪家的孩子就会跟出来,到了下午,孩子们都聚在一起玩。

可是今年,最后聚在一起的就剩我们姐弟和狗娃。我们得了许多糖,口袋都装满了;狗娃更多,还多装了半帽子。

狗娃把糖分给我们,真甜真好吃。

三月一过去,四月喜鹊就飞回来了。

三月的戈壁滩还东一片西一片的积雪,四月积雪就化开了。天空也不平静,一会儿东边下一场雨,一会儿西边下一场雨。接着戈壁滩就开出了各式各样的花,红柳开红艳的花,梭梭开小而白的花,紫莹莹的是马兰花,粉嘟嘟的是铃铛刺花,黄澄澄的是蒲公英花,还有苦苦菜、毛毛秧也都开花了。

拖拉机开进大田了,新翻的泥土在阳光下散发着春天的气息。

五一过后,老李叔赶着羊群出发了,他要去春牧场,让牛羊吃到鲜嫩的青草。老马叔还是天天去戈壁滩,今天套几只野兔,明天捉两只黄羊,后天能捉到什么就说不上了,可能是狐狸,也可能是狼。

孩子们都得上学,除了狗娃。狗娃有时跟老马叔去下夹子,有时独自去戈壁滩。

一天,狗娃扛回一只黄羊,丢在柴火垛下。

外婆走过去一看,嘿,还活着。黄羊的四条腿被绳子绑着,眼睛睁得又圆又大,滚滚的都是泪。外婆说她见过无数黄羊,第一次见到黄羊哭。

外婆摸到黄羊的肚子，嘿，肚子里有崽呢。

夏子街第一个驯养黄羊的人是外婆。外婆把母黄羊拴在柴火堆后，又抱来了青草。我们都围上去，看外婆给母黄羊的腿打夹板。

外婆说："狗娃，春天夹黄羊，不能夹母的，母黄羊怀着胎，一胎两只，夹一只母黄羊害三条命。"

"黄羊的命也是命？"我疑惑了，跟养鸡杀鸡吃、养猪杀猪吃一样，我生下来就只知道黄羊是食物。

黄羊是命？那猪也是命，鸡也是命吗？

我不懂，狗娃能懂吗？

黄羊养了两天死了，外婆说，黄羊怀的孩子也死了。外婆一直念叨："造孽！造孽呀！"

黄昏的乌鸦特别闹，门口电线杆上站着，柴火垛上也站着，耳朵都快被吵聋了，我捂着耳朵想："它们是为着黄羊的命来的吗？以前大人拉一车黄羊回来，也有公黄羊，也有母黄羊，也有黄羊孩子，怎么不见乌鸦来？可能乌鸦也来了，我没注意到。"

过两天，狗娃又扛了一只黄羊回来，放到外婆面前，外婆看了看，说："好狗娃，春天只能捉公黄羊。"

下一只还是公黄羊，再下一次还是公黄羊，狗娃再没捉过母黄羊回来。

老李叔不信，难道夹子长眼睛，只夹公黄羊？

老李叔跟着狗娃去放夹子，回来对我爸说："谁说狗娃傻？他比谁都精！"

黄羊在戈壁滩奔跑觅食，往东往西随它们的便，可谁知道黄羊也有头领、也会圈地、也有规矩呢，公羊通过尿液留下群族的气味，其他黄羊群就不到这片草场吃草了。狗娃发现黄羊的规矩，专在公羊尿尿的地方下夹子，夹到的就都是公羊了。

六

夏子街四周是大戈壁滩,戈壁滩之外有沙漠、盐湖、平顶山,也有牧场。我小时候最喜欢站在戈壁滩环视四周,戈壁滩任何地方都能遥望地平线。

过了些年,夏子街四周还是那片戈壁滩,从远处看没什么变化,走近一打听,变化可大了。

1988年,《中华人民共和国野生动物保护法》颁布。后来,戈壁滩常见的红腿石鸡(呱呱鸡)、鹅喉羚(黄羊)先后被列为国家级保护动物,随之禁猎。慢慢地我知道,我小时候认为的那些应该,"麻雀就应该串在树枝上烤得油汪汪;呱呱鸡飞来了,就应该一箩筐一箩筐抓来烧着吃烤着吃;在戈壁滩碰到一只刺猬,就应该带回家,裹上泥丢进铁工房的炉火里烧;还有戈壁滩的黄羊,它们就应该是食物,是我们锅里的肉",这些全都是不应该的。

狗娃的生命停止在十二岁那年的春天。

有人在一棵枯死的胡杨树下发现了狗娃的尸体,狗娃躺在树洞里,身上爬满了蚂蚁。

谁也说不清狗娃是怎么死的,也没人能判断出狗娃的死亡时间。

老展叔也没想着去查,老展叔压根儿就不知道还有法医这回事。

棺材漆着红色的油漆,停放在老展叔家的正屋,我和我姐站在门口张望,进来进去的人,有人摇头,有人叹息,有人小声议论。

一个说:"听说是吃了有毒的野菜。"立即有人反驳:"不可能,狗娃从小在戈壁滩找吃的,知道什么能吃,什么不能吃。"

另一个猜测:"被雷劈死了?前几天不是又打雷又下暴雨吗?"

又有人提出不同意见："不可能！被雷劈身上会被烧焦,还记得有一头牛被雷劈死的事吗?"

于是人们又回想起牛被雷劈死的事。

然后有人判定："肯定是杀生太多,老天爷来取命了。"

听到这里,我赶紧去拽我姐,我怕我姐一冲动,找人吵架,我姐从小就护狗娃,为了狗娃我姐没少跟人吵架。

我拉着我姐往家走,乌鸦在我们头上"呱呱"地叫着。

第七章　阿宝的春天

一

　　很多年以后,我仍然记得上海知青阿宝在夏子街敲着大钟的情形。

　　夏子街是拥有一百户人家的新疆生产建设兵团的一个连队,一排排土坯房盖在塔克拉玛干沙漠边缘浩瀚无垠的大戈壁,兵团农工没有抵达之前,野狼、狐狸、戈壁鼠、呱呱鸡是这里的土著,兵团农工在大戈壁开辟良田,种植小麦、苞谷、葵花和高粱。

　　上海知青阿宝的故事开始于20世纪70年代末,我是五六岁小姑娘的时候。敲钟是阿宝的工作,早晨敲钟吆喝农工出工干活儿;晚上敲钟通知农工开会学习;连部门口贴了告示要求大伙儿来看要敲钟;电影队来了,钟声就是天下最动听的音乐。

钟就是夏子街的铁匠用锤子敲打出来的铁家伙,远看是只大铁桶,近看铁桶锈迹斑斑,敲出的钟声也难听。

可能是夏子街四周太过空旷,声音的传播无遮无碍,也可能钟声就在人们心中,呕哑嘲哳的钟声极具穿透力,无论站在夏子街的哪个地方,人们都能听到阿宝的钟声。

傍晚的时候,人们在大田干活儿,还没到下班时间,就有人支起耳朵问:"阿宝怎么还不敲钟?"终于听到钟声,大家都扛起坎土曼、锄头高高兴兴往家走。

学校上课的学生听到钟声,急急忙忙收拾书包,他们在回家路上又跑又跳又唱,迎接他们的小狗就也又跑又跳又叫。

牧人在戈壁滩放牧,牧羊犬听到钟声,不等牧人吆喝,"汪汪"叫着把牛羊往家赶。

人们路过小广场,看到阿宝还在敲钟。阿宝脚下的泥土细成了粉末,稍稍挪步就尘土飞扬,阿宝站在粉尘里,粉尘在金黄色的夕阳下闪着光亮,就像阿宝戴着光环似的。

光环里的阿宝更加瘦小,他努力踮起脚,双手高举一把铁榔头,有力地敲击大钟。"当!当!当……"每敲一下,阿宝的身子就前倾一下,看着要扑倒,又不倒翁似的站稳。"当!当!当……"阿宝穿着不带肩章的旧军装、戴着没有帽徽的旧军帽,仿佛随时可能被夕阳映照下的粉尘形成的光环带走似的。

人们看着阿宝就都笑了。

有的说:"阿宝,行了!都听到了!"

有的问:"阿宝,电影队什么时候来?"

......

对于人们的问话,阿宝一概爱搭不理。阿宝目不斜视,带着傲睨一世的神情全神贯注于他制造的钟声,仿佛音乐家们全神贯注于优美的音韵。

人们都下班回家了,阿宝却忙起来了,他把夏子街每家每户走个遍:发报纸、送家信、通知事情,好像全夏子街就他一个人忙似的。

如果晚上开大会,阿宝又要忙着敲钟,又要忙着打考勤。谁迟到了,就用毛笔写在白纸上,一溜的蝇头小楷,端端正正贴在连部会议室大门上。人们开完会都去看,谁也不夸阿宝的小楷写得精致漂亮,只在纸上找自己的名字,没有名字的,会心一笑,打着哈欠回家;找到名字的,骂街的有,想要打人的也有。

开会迟到是要扣工资的,那个年代,家家户户的孩子都多,扣工资就等于从孩子的碗里抢粮食呀。可开完会那会儿,没有谁能找到阿宝,骂街的骂两句就完了,要打人的踢几下树干出出气也走了。

如果电影队来了,全夏子街都欢天喜地的,阿宝也笑着,他敲完钟,又忙着接待放映员,又帮忙架电影机,又跑前跑后、大呼小叫维持观影秩序。如果孩子们因为占位子吵架了,他还忙着劝架,可是吵架的双方没一个人听他的,反而怪他多事。

阿宝最怕孔连长。孔连长在的时候,人人都能使唤阿宝,让搬凳子搬凳子,让拿报纸拿报纸,就连我们这些小孩子也能粗声大气地喊:"阿宝,我家没水了,快去开水闸!""阿宝,给我一些报纸,折三角玩。"阿宝就快快地跑去水井边开水闸,就赶紧拿出旧报纸给孩子折三角玩。

但孔连长一走,孩子们就一哄而散了,阿宝会捡石头打人呢。

阿宝通常也打不着谁,孩子们风一样跑远后,会回过头来乱喊乱叫:

"阿宝想媳妇!"

"阿宝没儿子!"

......

孩子们一边跑，一边喊，一边扬起广场上的尘土，一会儿工夫，广场像刮过一股小旋风似的。

阿宝丢下石块，站在小广场中央，站在尘土里，好像学生被老师罚站似的。

二

夏子街的大人，如果有一天没看到阿宝，或者没听到阿宝的事情，就好像这一天白过了似的。到了夜里，关灯睡觉了，也问一句："今天阿宝哪去了？"旁边的人就会说："去团部开面粉票了。""跟拉煤的车走了，孔连长派他去县城办事。"问的人就说："他能办什么事，跑跑腿罢了。"

在夏子街，下田种树是劳动，喂马放羊是劳动，打土墙盖房子是劳动，修鸡窝扫厕所是劳动，敲钟、看门、发报纸、送信、传话、去团部开面粉票、去县城跑腿买东西，这样的事都不算劳动，阿宝整天忙忙碌碌的，夏子街人却都觉得阿宝怪舒服的。

有事没事的时候，大人们都爱说阿宝的事。

我爸说："哼！刚来新疆那会儿，一起冬灌，他的脚陷进泥里拔不出来，坐在泥里哭，要不是我救他，早冻死了。"

老李叔说："哼！六亲不认的东西！刚来新疆那会儿，大家一起住地窝子，他尿床，我特意杀狗给他吃，吃了半条狗才不尿床了。开会迟个到，他照样六亲不认记我的名字。"

黄阿姨说："哼！刚来新疆那会，他开小差，想跑回上海，在沙漠迷路，有人商量着要吃他的肉，他吓得再也不敢开小差了。"

......

人人都能说出阿宝的几件事情,人人说起阿宝都要先定一下神,而且咬着后槽牙"哼!"一声,好像要把阿宝活剥了,再把骨头嚼碎才解恨似的。

可是,看到阿宝时,谁也不对他咬牙切齿,谁也不对他横眉冷对,大人们脸上还堆着笑呢。

阿宝敲钟喊人上班时,老李叔还向阿宝问好呢,这是我亲眼看到的。老李叔骑着马,已经到白杨树林了,又特意拐到大钟前,老李叔说:"阿宝,昨天夹了两只野兔,给你留了一只。"阿宝认真严肃地点点头。

黄姨去连部办事,阿宝拦在门口,黄姨赔着笑,我看见黄姨的眼睛弯弯的,可好看了,可是阿宝还是严肃着,不让黄姨进,黄姨急哭了,阿宝还是不让进。

只有我妈不爱理阿宝,阿宝路过我家,我妈眼睛都不抬一下,我妈当阿宝不存在,当阿宝是空气。一次,阿宝在我妈跟前停了一下,我妈昂起头,鼻子冲天哼了一声,阿宝拔腿就跑了。

自从我妈偷掰连队的苞谷被阿宝带人抓了现行,又通过广播让全夏子街人都知道之后,我妈再没给过阿宝好脸色,我妈见谁都说阿宝这阿宝那,一句好话也没,我妈背着阿宝也说,当着阿宝的面也说。

夏子街,只有孔连长替阿宝说话,孔连长说:"我看阿宝挺好,那个年代,哪个年轻人不犯点儿糊涂呢,改了就是好同志。"

三

夏子街的孩子,特别是十四五岁的大男孩,如果有一天不喊一两声"阿宝",也像白过了似的,到了夜里,他们会悄悄溜出家门,到阿宝家去看一看。

到了阿宝家，也不敲门，大摇大摆走进去，锅里煮着苞谷面糊糊就盛一碗，煮着土豆就捞一个，再从水缸里舀一瓢凉水喝，跟在自己家一样。

如果阿宝一个人在家，那男孩吃了喝了，没什么意思，也就走了；如果有差不多大的三四个孩子，他们就聚在阿宝家吹牛打扑克。

那些男孩通常一伙一伙的，他们都是抓野兔、捕呱呱鸡的好手，他们在戈壁滩捕了兔捉了鸟也不拿回家，而是到阿宝家煮，煮的方法也简单，铁锅清水，放把盐就行了。

阿宝乐呵呵地吃肉喝汤，而后跟男孩们吹牛打扑克，打扑克输了，也乐呵呵地打手、贴鼻子、做仰卧起坐俯卧撑，接受各式各样的惩罚。

夏子街的男人们大多数瞧不上阿宝，他们说："嘿，一个大傻子带着一帮小傻子。"

也有羡慕阿宝的，我爸说："单身汉的日子比神仙还美呢。"

老展叔说："我也是单身汉，我也有儿子，过得还没阿宝一半美呢。"

那些男人们有时也想去阿宝家吹牛打扑克，有玩有闹有肉吃，多美！可是男孩们不干，十四五岁的男孩，最不愿和老爸搅在一起了，那多不自由呀。

男孩们愿意和阿宝搅在一起，他们在阿宝家想做什么就做什么，他们就是把屋顶掀翻阿宝也乐呵呵的，反正阿宝家破得没什么可以再破坏的。

阿宝家，床是几块木板拼起来的，桌子板凳是连部会议室淘汰的，锅碗瓢盆都是从连部食堂拿来的。

装水的大缸，上半部分破了豁口，只有底部三分之一能盛水，也将就用着。

那些男孩在阿宝家随心所欲，饿了自己煮东西吃，困了就睡一觉，还可以拿阿宝撒撒气，欺负欺负阿宝。

一个男孩在家挨了打，跑去阿宝家顺气，他揭开锅，锅是空的；他操起搪瓷缸找水喝,缸是干的;他一生气,把阿宝打了一顿。

后来,旁人问:"为什么打阿宝?"他说:"不为什么,打了心情就好了。"

第二天,那男孩拎着一只鸡去阿宝家煮,他以为阿宝不让他进门了,结果,阿宝一点儿都没有不愿意,阿宝手上还缠着纱布,但他乐呵呵地吃鸡肉喝鸡汤,什么事都没发生似的。

我们去阿宝家玩,常有人提议:"阿宝,唱支歌。"阿宝也不推辞,张口就唱。

阿宝只会唱几支歌,我们百听不厌,并不是阿宝唱得多么好,阿宝的歌喉比他敲出的钟声好听不了多少,我们是对阿宝唱歌的神情百看不厌,跟看电影似的。

阿宝唱歌时,我们就大笑,笑得岔了气,笑得在地上打滚。

四

初夏,夏子街被汹涌的麦浪包围着,风吹动着碧绿的麦浪,银光闪闪的麦浪,一波一波,由东到西,从白杨树林向地平线拍击。

小孩子三五成群跑进麦浪,做出关心麦子长势的样子。

其实,小孩子是在等小麦灌浆,饱满的青麦穗是孩子们的最爱。

一天,我们拔了许多青麦穗,跑去戈壁滩烧着吃,吃得满嘴黑乎乎的。吃饱了,就找块沙地翻跟头,就在草丛里捉虫子,我们要疯到天黑才回家呢。

这时候,我们听到了钟声,可是,下班的钟声已经响过了,阿宝可从不随便敲钟。

"为什么敲钟?大人要开会?"有人问。

"不对,是电影,电影队来了!"有人回答。

"完了,完了,电影快开演了! 快跑快跑……"我们拼命往家跑,错过什么都不能错过看电影,不吃烧麦子,不捉蚂蚱也不能错过看电影。

我们拼命跑,个个气喘吁吁。

冲到小广场,放映机已经架起来了,放映机把光柱打在连部正面的白墙上,也把飞蛾的影子印在白墙上,也把许许多多孩子的小脑袋印在白墙上。

一般放电影前,大人们会聚在一起嗑瓜子说闲话,小孩子就争着抢着把自己的脑袋印在屏幕上,就围着盼着央求着放电影的叔叔剪下几张胶片给自己,就跑着闹着满广场撒欢玩儿。

这天却不同,大人们也不闲聊了,他们在俱乐部门前围成一圈,小孩子都往前挤,挤成一堆还挤,挤得密不透风还挤。

挤着还嚷着:"结婚了……发糖了……"

人人都喜气洋洋的,光柱里的飞蛾也喜气洋洋的,树林里的麻雀也喜气洋洋的。老胡杨上,喜鹊的叫声也不一样了,平常到黄昏,喜鹊"喳喳"的叫声似低低的絮语,似母亲呼唤孩子归巢的声音。那天,喜鹊欢叫着,好像有大事喜事要传播似的。

我也急了,我急着往人群里钻,可哪里钻得进去? 别说是我了,连老鼠也钻不进去,连风也钻不进去。

我急得"哇哇"大叫,我爸听到叫声,把我放到肩头。我发现,云妮在她爸肩上,牛牛也在她爸肩上,我们这些肩上一族高兴得"哇哇"大叫。

放映机的光柱照在人群中央,照着孔连长的旧军装,照着阿宝的旧军装,还有一个穿红衬衣的女人,那红艳的颜色引来更多的蛾子在她头上飞。

那女子低垂着头,怕人看到似的。

孔连长清清嗓子，大声说："今天是沈博文同志和李小琴同志大喜的日子!"

孔连长还没说完，人群就炸开了。有人问："沈博文是谁?"有人问："李小琴是谁?"

我也在想："明明是阿宝，怎么出来个沈博文?"

可是，没等我弄清阿宝和沈博文的关系，我连新娘子什么样都没看清，就有人撒糖了，大伙儿就都去抢糖，我大叫着从我爸肩上跳下来，急着去抢糖，可是糖少人多，人群乱极了，我被人推倒在地，又被人踩了一脚，疼得"哇哇"大哭。

还是外婆把我从人堆里拽出来，往我嘴里塞了一颗高粱饴，我才抽抽噎噎闭了嘴。

然后就放电影了，我嚼着高粱饴，看着电影"嘿嘿嘿"地笑，忘记阿宝结婚的事了。

电影放完，我又想起阿宝的新娘子，我闹着外婆去阿宝家，我大姐二姐也想看新娘子，外婆领着我们仨往阿宝家走。

路上尽是影影绰绰的人影，有抱孩子回家的，有去阿宝家闹洞房的，也有看了新娘子往回走的。

那天，月亮不是很亮，阿宝家的窗户却是极亮的，因为结婚，阿宝家换了200瓦的大灯泡。

外婆领着我们仨站在柴火垛旁，我们看见一些人趴在阿宝家的窗户上，一些人趴在阿宝家的门上，看着还"嘻嘻"地笑着。

有人说："灯绳子剪掉了，关不了灯了。"

有人说："嘿! 新娘子脱衣服了。"

有人说："嘿! 新娘子极大方呢。"

……

听到这些，外婆就不让我们去跟前了，她拉着我们赶快回家，凭我们怎么闹都不管。

第二天早上，新娘子出来倒洗脸水的时候，我看到了她，我家和阿宝家不是一排房子，我特意起大早拐去阿宝家。

新娘依旧穿着红衣裳，辫子又黑又粗，人家的辫子到腰跟前已经算长了，她的辫子在屁股下面晃悠。

新娘子站在早晨的阳光下，可她一点儿笑意都没有，微风迎着她吹也不笑，喜鹊围着她叫也不笑，她仰脸望着太阳，眉头皱成了许多皱褶，鼻梁处堆满了皱褶。

我看了新娘子一眼，立即就认出来了，那不是春节后张姨带回来的女人吗？我们都叫她李大姐的。

这可奇怪了，怎么会是她呢？她怎么成了阿宝的老婆呢？

李大姐看到了我，就先向我一笑。她长着很大的眼睛，有一个圆圆的鼻子。她的笑容非常好看，她笑的时候，即使是阴天，人们也会感觉阳光灿烂。

我转身就往家跑，我得赶快跑回家问外婆，这到底是怎么回事？

张姨春节期间回老家探亲，回来时带来了李大姐。夏子街人大多是老户，住在一起二十多年，彼此知根知底，突然来了个新人，还是个大姑娘，就都跑去看。

刚来的时候，李大姐总低着头，让人看不到她的脸。张姨说她第一次出大山沟，怕见生人。张姨还说，出来就不走了，在夏子街寻个婆家，总比在大山沟饿死强。

不久，李大姐就不怕人了，见谁都笑，只是不大说话。

李大姐去水井挑水，一口气挑满缸，扁担在她肩上忽悠忽悠的，一滴水也不见洒出来。

去戈壁滩砍柴,回来总能拎只野兔,传说她抓野兔不用套子,她追野兔,跑得比野兔还要快一些,比风还要快一些。

她学会骑自行车了,从十几公里外的牧场回来,自行车后座总驮着一大堆猪草。

她上房顶的时候也不用梯子,从柴火垛爬上去,三下两下就爬上房顶,那身手才敏捷呢。

夏子街人看着李大姐,没有不说好的。

我外婆说:"婆娘能干,谁娶了就有福了。"

黄姨说:"别看她又瘦又小的,身体好,一定能生儿子。"黄姨有三个女儿,见谁都说能生儿子。

我妈说:"我没那么大的儿子,要有,就娶回来,我就可以享福了。"我妈说着还看一眼我四岁的弟弟,好像她这么一看弟弟立即就能长大,就能把李大姐娶回家了。

张姨就说:"给说个婆家吧,嫁了人要把娃儿接来,可怜的娃儿,生着病,没爹了,娘又跑那么远,不知饿死没有。"

这时候,大家才知道李大姐不是大姑娘了,山沟沟的老家里有一个娃儿。

两年前,李大姐的丈夫上山采药摔死了。那娃儿生下来就多病,没了父亲,在山沟沟就没有活路了。

李大姐看着比实际年龄小多了,山清水秀的四川养人呢。

人们说:"就凭这身体这气力这敏捷劲儿,谁娶了谁有福呢。"

单身汉们都去讨好张姨,宰了羊先送到张姨家去,捉了兔也送到张姨家去,鸡养肥了也送到张姨家去……

单身汉们天天往张姨家跑,就是想跟李大姐说会儿话。

不仅单身汉,有老婆孩子的男人也喜欢看李大姐,这些人中不包括阿宝。阿宝是单身汉,可谁都不认为阿宝还要结婚,在夏子街敲钟的阿宝、发报纸的阿宝、歌唱的阿宝,就该一个人过一辈子,连我们小孩子都认为阿宝就应该一辈子一个人。

哪个女人能看上阿宝呢?可是,这么能干这么好看的李大姐成了阿宝的新娘子,阿宝和我爸差不多年龄,是个小老头了,李大姐却年轻漂亮。

李大姐嫁给阿宝,一朵漂亮的花插到牛粪上了,一颗亮晶晶的玻璃球滚进臭水沟了,一只喜鹊掉进臭老鼠洞了……

因为李大姐,我突然特别讨厌阿宝,觉得他什么都是臭的,敲的钟是臭的,唱的歌是臭的,煮的土豆也是臭的,我心里暗暗发誓:"再也不吃阿宝煮的土豆了。"

我急忙跑回家问外婆,外婆什么也不说,但我看出来外婆什么都知道。

等到晚上,几个阿姨到我家串门子,我妈会踩缝纫机,会做衣服,阿姨们爱到我家串门子,边说话边纳鞋底、捻羊毛、织毛衣、补裤子。

夏子街女人的手从不闲着。

平时,阿姨们来我家,我都去树林、去柴火垛、去水井、去戈壁滩疯玩了。可那天,我就待在家里,小伙伴在门口叫我也不去,我妈轰我也不走。

阿姨们说得可热闹了,连说带讲的,这个说阿宝怎么了,那个说李大姐怎么了,还说李大姐老家的孩子,还说李大姐死去的丈夫……说来说去,没有一个人说好的,没有一个人认为阿宝应该娶李大姐的……

他们说李大姐是主动嫁给阿宝的,李大姐去找阿宝说这事时,阿宝吓得不敢说话,吓得尿裤子了。阿宝躲在屋里不出来,阿宝做梦都没想到有女人主动说要嫁给他。李大姐多漂亮多能干哪,就是月亮上的嫦娥下凡了,也不及李大姐的一半好看呢。

还说李大姐去找孔连长，李大姐在孔连长面前哭了，孔连长做媒，阿宝才同意娶李大姐。阿宝同意后，把张姨气坏了，原本张姨要把李大姐嫁给放羊的何马，张姨可没少吃何马送来的野兔、呱呱鸡，还收了何马送来的几张狐狸皮，准备做一件狐狸皮袄呢。

　　还说阿宝能娶上李大姐是沾了政策的光，政策说跟上海知青结婚可以解决工作问题，李大姐嫁给阿宝就能成为正式职工，每月能领到工资了，李大姐的女儿也能上户口，能吃上口粮，也能分到油票、布票了。

　　还说李大姐不是真的想嫁给阿宝，她就是想利用阿宝，有了工作再一脚踹了阿宝。

　　还说李大姐有心机，是了不得的女人。

　　我不明白她们的话，但我妈说的话我听懂了。我妈说："我们谁不是李大姐？我们来新疆那会儿，还不是奔着能吃饱饭来的？还不是奔着有份工作、能挣份钱、能养活自己来的？"

　　我妈说："还不是为着娃儿，能把娃儿接来。有工作自己能挣钱，这辈子就硬气了，就不怕谁了。"

　　我明白了，李大姐是为着孩子嫁给阿宝的，我想起李大姐早上对我笑的样子，真好看。

　　我还想，夏子街又要多一个孩子了，大山里的孩子什么样呢？她也跑得跟风一样快吗？她笑起来也跟太阳出来了一样好看灿烂吗？

　　想着，我就睡着了。

五

　　中秋节，在葵花地收葵花的时候，我看到了那个小姑娘。

　　月亮升起来了，小姑娘坐在手推车旁，在一堆葵花饼中央，掰着一饼葵花吃,她的母亲往车里装葵花,阿宝在一旁帮忙。

女孩瘦而小,她坐在那里,蔫头耷脑,像一只病恹恹的小猫,一双眼睛却是极大,好像她那张脸上就只有一双眼睛,其他的器官,鼻子、嘴巴都可以忽略不计似的。

眼睛极大,但在那么明亮的中秋月下也没闪着光亮,空洞洞的没一点儿生气。我看着她的时候,小姑娘冲着我笑了一下,那笑可真难看,那可不是小孩子应有的明媚的笑,那笑与天真可爱没一点儿关系。

小姑娘的笑又像笑、又像哭,其实又不像笑、又不像哭,是介于两者之间的那么一咧嘴。

我哆嗦一下,不是因为小姑娘笑得奇怪,我害怕了;也不是因为一阵冷风吹来,我冷了。为什么哆嗦?我也不知道,我赶快跑去找我爸妈,他们装好车,准备回家了。

我坐在手推车上,透过我爸的手臂往后看,我又看到了那女孩,小猫般地蜷在车上,我们刚穿上毛衣,她却套着厚厚的棉袄。

李大姐推着车,阿宝在后面小跑,好像他不是李大姐的丈夫,而是李大姐的另一个孩子似的。

秋收过后,李大姐就不见了,据说是拿了阿宝的钱,给女儿看病去了。阿宝单身那么多年,攒了不少钱。阿宝在上海有父母,还有哥哥、姐姐,他们三天两头寄钱寄东西来接济阿宝,阿宝是夏子街的富翁呢。

李大姐走了,阿宝还是天天敲钟,夏子街人还按阿宝的钟声上班、下班。

人们纷纷议论李大姐不会回来了,她骗走了阿宝的钱。

人们议论的时候也不避开阿宝,他们当着阿宝的面说,还笑:"阿宝,你给了那女人多少钱?""阿宝,你的钱都替别人养孩子了。"

阿宝听了这些话，也不生气，还嘿嘿笑着，他说："会回来！会回来！"

敲钟时，阿宝对着破钟笑，人们听着钟声，觉得那声音跟从前不一样了，却也说不出哪不一样，似乎比从前好听一些。

发报纸时，狗再咬阿宝的裤脚，他也不把狗踢得汪汪叫，而是掏出一个馒头喂狗。

敲完钟发完报纸，却不晒着太阳读报纸了。拉煤的汽车来了，阿宝卸了一堆煤在家门口，阿宝还请人在屋子里砌了火墙、盘了炉子，他还去戈壁滩打了许多柴火回来，还用新报纸重新糊了顶棚。

从前，阿宝不干这些活。从前，阿宝冬天不打柴也不买煤，他把铺盖卷搬进连部的收发室；或者去羊圈马厩，或者去其他单身汉家混几天。总之，阿宝有办法让自己平安度过冬天，活到春暖花开。

看到阿宝为着过冬如此忙碌，人们都为阿宝高兴，人们说："阿宝现在有家了，看他干得多带劲呀。"

没事的时候，阿宝就去白杨林的公路张望。去的时候，天上落着雪，回来时，雪地里只有阿宝一个人的脚印。当然，还有麻雀的脚印，黄狗的脚印。

那一段时间，黄狗总跟着阿宝，好像是谁派来保护他似的。

有人问阿宝，来信了吗？又寄钱了吗？好些了吗？什么时候回来？

阿宝就回答，来了，寄了，好些了，快回来了。

说着话，眼睛还望着公路。

一天，人们又听见阿宝唱歌了，歌声里还有几分喜悦的味道，那歌声落在疏松的积雪上，就好像积雪要在太阳下融化了那样，闪着光亮。

不久，李大姐出来抱柴火，瘦得一阵风能吹走的样子，随时随地都可能倒下的样子。

人们不说阿宝被人利用了，也不说阿宝的钱被女人骗走了。人们说："阿宝要忙啦，他要照顾老婆孩子。"

再碰到阿宝，人们都笑着问："好些了吗？"

阿宝也"呵呵"笑着，雪花飘到嘴里也不管，笑着跑回家，把寒风关在暖烘烘的屋子外面。

可是，回到家里，他就不笑了，他做什么都轻手轻脚，小心翼翼，生怕惊扰了什么似的。

麻雀来到他窗前"喳喳"叫，被他轰走了；黄狗想跟他进家门，也被赶出去了。

他煮了荷包蛋，端到李大姐面前，看着李大姐一个一个吃下。他说："多吃些，在外面累坏了。"

他买了砂锅，熬又苦又黑的中药，看着女孩儿一口一口喝下。他说："早些好，看把你妈累的。"

人们看到阿宝出来倒药渣，也都关心地问："好些了吗？"

阿宝就说："好些了。"说完又赶紧跑回家。人们也不拦着他问东问西了。人们知道阿宝没时间聊天儿，他要照顾老婆孩子。

快过年了，李大姐剪了窗花贴在窗户上，阿宝跟着邮车去了一趟县城，买了几斤棉花，又扯几尺花布，还买了桃酥、蛋糕和水果糖。

阿宝家传出了笑声，阿宝家第一次有了新年的味道。

那女孩儿终日躺着，却一天比一天瘦，一天比一天苍白，她的眼睛更大了，人们看着女孩的眼睛，都说："可怜！可怜呀！"

我们去阿宝家拜年，李大姐笑着发糖，在炉火的映照下，李大姐的脸红扑扑的，好看极了。

我又看到那女孩儿，我想跟她说话，可当她的眼睛转向我时，我又打了一个哆嗦，好像她不是跟我差不多大的小孩儿，而是一个小怪物似的，她的眼睛空洞洞的,不似小孩儿的眼。

我赶快跑了出去,在冬天的阳光下晒了很久才感觉暖和一些了。

自那以后,我再也没敢去阿宝家,我害怕看那女孩的眼睛。

新年过后不久,女孩就死了,阿宝央人做了一口薄棺材把女孩埋了,做棺材的钱是阿宝借的,阿宝的积蓄给女孩看病吃药用完了,阿宝穷了。

但人们都说阿宝值,那些钱换回李大姐踏踏实实过日子,阿宝赚了。

李大姐哭了很久,直到第二年春天,那哭声才停下来。

六

过了两三年,女孩的坟长满了青草,又开出了黄色的小花,那是蒲公英的花朵。到了夏天,蒲公英成熟了,它的种子乘着白色的小伞四处飘荡,落在哪里就在哪里生根、发芽、抽茎、开花。

李大姐果然能干,她养了两头猪、一群鸡,又开辟了一个菜园子,种了黄瓜、西红柿、辣椒、萝卜、土豆和大白菜,还移栽了两棵苹果树和三棵李子树。春天的时候,苹果树开粉花,李子树开白花,粉粉白白,比谁家的菜园子都漂亮。

李大姐在菜园子锄草,干了一会儿就热了,她脱去了身上的夹袄。然后,她一手扶着腰,另一手摸着肚子,她看着太阳微笑,看着李子花、苹果花微笑,过来过去的人都看见了李大姐隆起的肚子。

人们看着大着肚子还忙进忙出的李大姐,没有不为阿宝高兴的,都说阿宝好福气,都说李大姐又能干又能持家,都说:"阿宝,你等着吧,李大姐要给你生一群小阿宝,生三个儿子、两个丫头,你等着过好日子吧。"

阿宝听到这些,也不说话,他从旁边抽烟的男人手里要了烟丝,蹲在地上卷莫合烟,却不会抽,前倒后仰地咳嗽,咳嗽完也不说话,站起来走了。

人们望着阿宝的背影，总觉着哪儿不对劲，按理说，阿宝要做爸爸了应该高兴才对，阿宝的日子应该越来越敞亮才对，阿宝的腰杆应该越来越挺直才对。可人们看着阿宝的背影，怎么就觉得阿宝更瘦更矮了呢？而且，人们感觉到夏子街的生活有了一些变化。

从前，阿宝是夏子街的钟，人们按照阿宝的钟声上班、下班、开会、看电影。现在，阿宝早上要给鸡剁菜叶子，要给猪煮食，等他忙完，跑去敲钟时，上班时间已过了；现在，阿宝经常去给李大姐顶工，去大田锄草、采摘、浇灌，去戈壁滩筛沙子，去瓜地菜地夯土墙，等阿宝赶去敲钟时，人们看着太阳快落了，估摸着下班时间到了，比阿宝还先到家呢。

不久，阿宝和人打了一架，和小木匠。

小木匠给小学校做桌椅。要入学的孩子越来越多了，小学校得多做一些桌椅。

阿宝走进做木工的大教室，小木匠正在用斧子砍树枝，那些白杨树，长长短短，粗细不均，还长着许多硬实的结。

阿宝在一堆白杨树旁站了一会儿，又在打好的木板前站了一会儿，又盯着做好的板凳看。

阿宝的眼里全是不屑。他说："在上海，学校里的桌子椅子不是这样的。"他把"不是这样的"说得很重。

小木匠就有些不满，说那你做一把椅子给我看看。

阿宝挑衅地看着小木匠，他说："我不会做，但我可以画给你看。"

阿宝跪在地上，在一块刨光的白木板上乱画一气，画着什么，恐怕他自己也不知道。小木匠说："你画的是锤子！"

阿宝就一头撞在小木匠的肚子上了，小木匠惨叫一声，倒在地上，不知是因为痛苦还是愤怒，小木匠的脸变得那么难看，阿宝呆在那里了。

阿宝的身子像筛糠一般，莫名其妙就哭了，哭得一把鼻涕一把泪：“你们都欺负我，欺负我！”

人们感觉奇怪，明明是阿宝找来打架，怎么就人人都欺负他了？

他们望着阿宝的古怪行为，又想起小木匠的形迹可疑。

在夏子街，除了做豆腐的和打铁的勉强算是手艺人外，其他的技术活儿都得去县城请人做，如果想做家具就得请木匠来。

小木匠不请自来，他来的时候背着斧头、锯子和工具包。他说着深厚的川音，在夏子街走来走去招揽活儿，没找到活儿干之前，小木匠晚上睡在连部的墙根下。

那是头一年的深秋，大雁成群结队地飞往南方，它们在天上一会儿排成人字形，一会儿排成一字形。阿宝打开连部传达室的门，让小木匠睡在小床上，又四处给小木匠找活儿干，又让李大姐给小木匠擀面条吃。

李大姐说：“我们应该打一张床，还要做一张八仙桌和几张板凳，让老乡到我们家里来干吧。”

李大姐把“老乡”两个字咬得很重，让人觉得她很重情谊。在夏子街这样的兵团农场，大家都从遥远的内地来，“老乡”是一个最拉近人心的词汇，老乡在一起有说不完的话，聊不尽的家乡事。

李大姐在门房跟小木匠叽叽咕咕说家乡话，阿宝听不太懂。李大姐给小木匠打下手，阿宝去大田给女人替工。下班回家，阿宝听到小木匠和女人说话，觉得有点儿不对劲，却也说不出什么。

小木匠在阿宝家一直做到雪花纷纷扬扬，人们穿上了冬衣，无事可干的人们，都跑去看阿宝家新打的家具。小木匠的手艺不赖，打的床结结实实，做的八仙桌方方正正，他还在大衣柜上雕了龙刻了凤。

小木匠的活儿一下子排到了来年春天，他跟主家讲好，除了工钱还包吃包住。

等夏子街的人家都有了新床、新桌子，或者至少有了一张新桌子，小木匠又揽到了小学校的活儿。

小木匠到夏子街快一年了，给每户人家都打过家具，吃过每位主妇的饭。小木匠人长得清秀，还勤快谦和。

那些主妇们打趣小木匠，有的说："小木匠，等我把妹子从老家接来嫁给你。"也不管她妹子愿不愿意来新疆。

有的说："小木匠，等我大闺女长大了，给我当女婿，你可千万要等呀。"可是，她的大闺女还戴着红领巾呢。

这些主妇们心里都欢喜着小木匠，都愿意跟小木匠攀亲结戚，夏子街人自己没手艺，却巴望着一个有手艺的上门女婿，以后做桌子、钉个板凳就方便了。

夏子街人打内心对手艺人充满着敬意，他们还想不出比做家具更实用的手艺。

可阿宝这么一闹，就给人们的茶余饭后增加了许多谈资，主妇们更是争着抢着做这一事件的发言人，有讲场景的，有编故事的，就好像她们亲眼看到、亲身经历了似的。

那些讲场景的讲得绘声绘色，说某天某时，李大姐煮了鸡，就给小木匠一个人吃，阿宝下班回来，她把肉藏起来了；还说某时某刻，看见小木匠拉着李大姐的手不放，两人眼对眼地看不够，直到有人来才匆匆忙忙分开了……

那些编故事的说，小木匠恩将仇报，欺负老实人，他来夏子街时，阿宝收留了他，他却勾引了阿宝的老婆，现在，李大姐肚子里的孩子也是小木匠的,俩人正商量着私奔呢。

那些故事里还有个一听就很假的版本,说小木匠是李大姐老家的相好,李大姐到新疆后,他跟着找来了,走了很多地方才找到,这就有点儿"千里寻妻"的意思。编这个故事的人说着,嘴里还"啧啧"地赞叹,好像被一场可歌可泣的爱情故事感动了似的,好像阿宝就该放手,成全两人,这样肚子里的孩子就有亲爹了。

这个故事一出现,立即遭到许多人的反对,他们指着编故事的人,厉声质问:"你哪头的?怎么向着外人?"

夏子街人大多在新疆生产建设兵团建立初期来到这里,大家一起开荒、一起种田、一起苦过、一起哭过,也一起笑过。虽然来自不同的地方,但一起度过的那些岁月让他们成为一家人,当家人被人欺负时,他们就觉得应该有人站出来维护家人的权益。

第一个站出来的是孔连长,孔连长用拐棍敲打着树干,由于用力过猛,树叶"噼噼啪啪"落了一地,那树上本来落着几只麻雀,麻雀"扑扑棱棱"飞走了。孔连长说:"小木匠必须马上离开。"

然后,主妇们看小木匠的眼神也不对了,她们斜着眼看小木匠,脸上没有笑容,小木匠走在前面,她们在他身后指指点点,说三道四。

然后,小学校朱校长出面下逐客令。朱校长是有文化的人,平时说话文绉绉的,还喜欢说一些有哲理的话,阿宝一手漂亮的蝇头小楷就是朱校长教的。朱校长对小木匠很不客气,他说:"你走吧!别等人把你的腿打断!"

小木匠爬上一辆拉煤的车走了,口袋里装着打家具挣的钱,身上背着斧头、锯子和工具包。

小木匠来夏子街不到一年,给夏子街留下了一些床、八仙桌和大衣柜,还留下了一些闲话。

从此，人们看阿宝的眼光也变了。在阿宝背后，常有人不自觉地长叹：“可怜哪，可怜。”

　　听到阿宝敲响钟声，有人说：“可怜哪，怎么还有力气敲钟？”

　　看到阿宝去水井挑水，有人说：“可怜哪，那女人怀着小木匠的孩子，却让阿宝伺候。”

　　那些闲言碎语的搅拌机和传播器们，他们想看到阿宝向着李大姐咆哮，这是男人应该有的反应，而且，他们认为男人有咆哮的权利，甚至有殴打女人的权利，如果女人肚子里的孩子不是他的。

　　他们更想看到李大姐的反应，他们想看到李大姐哭天喊地的模样，想看到李大姐低头认错的场景。

　　甚至，有人在脑海里替李大姐策划了一个又一个故事续集，比如李大姐奋不顾身，不管不顾爬上汽车跟随小木匠浪迹天涯；再比如某一天夜里，小木匠偷偷潜回夏子街，拐走李大姐，从此，有情人终成眷属。

　　可是，阿宝好好的，他平静地敲钟、发报纸，狗拽着他裤腿不放时，他也不打狗，他一步一步向前挪，直到狗自己松开嘴。邮车没来的时候，他也愿意走十几公里路，去团部把信件、报纸背回来；他平静地对待李大姐，他愿意给她做饭，然后看着她全部吃下去，他常常长时间地盯着女人的大肚子，做出不可思议的表情，好像不相信那肚子里有一个孩子，有一个生命似的。

　　李大姐也好好的，她平静地抚摸着高高隆起的肚子，她拼命地吃喝，好像几辈子没吃过东西似的。她胖了很多，却没耽误干活儿，喂猪时，她拎着大木桶，把猪食搅得“稀里哗啦”响；喂鸡时，她抛撒着苞谷和麦粒，大声叫：“咯咯咯，咯咯咯……”好像下蛋的不是母鸡，而是她一样。

　　李大姐喂猪唤鸡的声音一直持续到白杨树的叶子变黄了又落尽了，

深秋的风把那些叶子一会儿吹到空中,一会儿带到农田里。这时候,庄稼也收尽了,人们开始准备过冬的棉衣和取暖的煤。

一天夜里,李大姐喊出的声音是:"哎哟!哎哟……"然后变成:"天哪!天哪……"

随后,婴儿响亮的哭声回荡在夏子街上空。

七

阿宝的儿子沈胜利出生不久,我就离开了夏子街。离开后,多多少少听说了阿宝家的一些事情,其中有几件值得一提。

一是从20世纪80年代初开始,很短的时间内,新疆生产建设兵团的上海知青们如潮水般返沪,只有为数不多的一些人留在新疆。阿宝是夏子街唯一留下的上海知青,阿宝也动过返沪的念头,他的父母亲也希望阿宝能回上海。阿宝带着李大姐和儿子沈胜利去了上海,一个月之后,又回新疆来了。回新疆后,阿宝什么也没说,话全是李大姐说的。李大姐说,上海太大,人太多,一下火车儿子就走丢了,要不是警察负责,还不定怎么样呢。说这话时,李大姐把儿子紧紧搂进怀里,是一种失而复得的庆幸。李大姐还说,上海的房子又小又挤,不如在新疆住得敞亮,活得痛快;上海人用小碗吃饭,她吃了一碗,怕人笑话,不敢盛第二碗,饭都吃不饱的地方不是好地方。在上海待了一个月,李大姐担惊受怕了一个月,哭着闹着要回新疆,阿宝就跟着回来了。

第二件事情是大喜事,1983年,李大姐又生了一个丫头,取名沈丽君。因为小丫头出生之前,阿宝在上海的姐姐寄来一台双卡收录机和几盘邓丽君的磁带,李大姐迷上了邓丽君,整天曲不离口,日子过得乐呵呵的。

当我再次回到夏子街时,已是1988年,我高中毕业。我先在老胡杨下遇见了张姨,张姨说,阿宝的儿子越长越像阿宝了,一看就是亲生的。张姨又说,阿宝的哥哥来了,想说服阿宝一家回上海,李大姐依然不同意,哥哥就留给阿宝许多钱,阿宝又是全夏子街的富翁了。

在白杨树路口,我见到了阿宝和他的儿子、女儿。老的庄严地走在前面,两个小的活活泼泼跟在后面,他们在树林里转悠,似乎是在拾柴、捡蘑菇,又似乎就是瞎转悠,什么都不干。阿宝走一阵子,就回头看看儿子、丫头,阿宝消瘦而衰老的脸上放着光芒,一张脸因此生动起来。

看到我,阿宝站住了,男孩却跑远了,女孩紧走几步,把手伸给阿宝,阿宝蹲下身子,抱着女孩,女孩把脸贴在阿宝脸上,娇娇地笑着,阿宝就做出惊喜的表情。

阿宝对我说:"这是我女儿,叫沈丽君。"又指指树林里的男孩:"那是我儿子沈胜利,成绩可好了,是块学习的料。"

我说:"你女儿真漂亮,儿子也漂亮!"

阿宝说:"是漂亮,都漂亮,和他们的妈一样漂亮!"

说这话的时候,我们已经走出了树林,我看着爷仨走到家门口,一个穿围裙的妇人从阿宝怀里接过女孩,我认出是李大姐,李大姐抱着女孩亲了一口,又指着阿宝说些什么,似乎在说他哪儿做得不对,阿宝就笑着、答应着,然后,一家四口走进屋子。

阳光仿佛一匹绸缎做成的门帘闪闪发光,而那后面是上海知青阿宝一家在新疆生产建设兵团的许多日子,一个接一个。

第八章　赤那的戈壁滩

一

　　夏子街是安静的,尤其是夜里。柳树上的喜鹊、房檐下的麻雀都各自回窝睡觉了,牛马做着牛马的梦,鸡鸭做着鸡鸭的梦,就连大黄狗也一声不吭地卧着,想必大黄狗也是有梦的。

　　有时,野狼在戈壁滩长长地嚎叫,有时,猫头鹰在树林凄哀地夜啸,这些更加深了夏子街的安静。

　　那些马蹄声,那些不紧不慢、不慌不忙、由远及近的马蹄声也叫不醒夏子街人。

　　孩子们已在睡梦里了,"嗒嗒,嗒嗒嗒……"的马蹄声兴许在他们的梦里响过一阵子，那孩子翻一个身，又去做别的梦了。

这时，也有晚睡的女人，她们望望满是星辰的夜空，嘀咕一句"赤那来了"，就又去做事了，仿佛赤那来与不来，跟她们无关，跟夏子街无关似的。

大黄狗先是支起耳朵听一会儿，又自顾自地卧倒了。大黄狗并不狂吠，它"呜呜"两声，责怪赤那搅扰了它的梦。

赤那来了，夏子街的夜一样安静，鸡不鸣，狗不叫，人也不理会，好像赤那不是到来，而是回家一样。

就像一个男人在外面待几天，又在夜里回家，除了老婆起身开门，孩子可能从睡梦中醒来，叫一声爸爸，恐怕再没人理会了。

赤那的名字不在夏子街的户籍上，他也没有老婆孩子。赤那来到夏子街，或者说他回到夏子街，也就没人开门迎接，也就没一点儿声响。

第二天，人们见到赤那，也跟赤那从未离开一样。

阿宝看到赤那眼皮都不抬，自顾自地敲钟，有时候，阿宝高傲得很，他瞧不起没户口的人。

主妇们看到赤那，会很自然地端出一碗吃食，放在窗台上。赤那看到饭碗自会端去吃了。吃饱饭，赤那有时从马褡子里掏出一只野兔、几只呱呱鸡或者野葱、大芸等戈壁滩得来的东西，放在窗台。有时，赤那什么也拿不出来，空碗放回窗台。主妇们看到野味，自会捡去煮了，晚上等赤那来喝酒。看到空碗，也会把碗收去洗了，晚上依然多蒸几个馍，多炒几个菜等赤那来喝酒。

赤那不总光顾一户人家，他今天在这家吃饭，明天去那家喝酒，主妇们愿意招待赤那，也不是人们多么稀罕野兔、呱呱鸡什么的，这些东西戈壁滩多得很，勤快点儿的男人都能弄回来。

主妇们愿意招待赤那，是觉得赤那挺不错的。

孔红阑尾发炎,是赤那快马送去县城医院的,医生说再晚阑尾就穿孔了;何雀夜里走丢了,是赤那帮忙找回来的……

夏子街人记着赤那的好,招待他就跟招待老乡一样。夏子街人重情谊,他们对老乡热情又周到。

夏子街人叫赤那"蒙古族老乡"。

孔连长见到赤那总要吩咐他做点儿事,"赤那,羊圈里两只羊该骟了""赤那,红马的马掌松了,去看一下"。赤那就去羊圈把两只羊骟了,赤那就去马厩给红马重新钉了马掌。孔连长叫赤那干活儿,就像吩咐夏子街的农工一样,忘记了赤那不在夏子街的户籍簿上,孔连长根本就没意识到赤那是夏子街的客人。

对于孔连长的吩咐,赤那也都不声不响地去做,就像是他分内的事,是他的工作一样。

让孔连长非常满意的是,赤那做了那些事,管顿酒就可以了。

二

有时候,赤那来夏子街的第一件事不是找饭吃,也不是找酒喝,而是睡觉。夏子街人夜里听到马蹄声,清晨看到枣红马、黑骏马在树林边溜达吃草,却不见赤那,就知道赤那找地方睡觉去了,好像赤那走了几天几夜的路,来夏子街就为了美美睡一觉似的。

夏子街人日出而作,日落而息,什么时辰做什么事都是定下的。白天,夏子街人听着阿宝的钟声工作,喝酒、打牌、吹牛那是晚上的事,织毛衣、纳鞋底、翻闲话那也是晚上的事,这些都做了,才到睡觉的时间,喜鹊入巢了,星星挂满了夜空才去睡觉呢。

赤那不同,赤那在戈壁滩放羊牧马,昼伏夜出有,通宵达旦有,一天一夜不睡觉也有。有一次下大雨,赤那在空旷的戈壁滩顶风冒雨走了两天两夜,到了夏子街倒头就睡,直到第三天才醒来。

赤那睡觉不讲排场,羊圈能睡,树林能睡,柴火垛下也能睡。人们说,赤那把夏子街当家了,人累了疲劳了就想着回家,在家睡觉才安稳才踏实呢。

赤那也不愿意搅扰别人,无论在谁家吃晚饭,在谁家喝酒,赤那想睡觉了,站起来就走,就算喝得烂醉,也能拔起自己的腿离开。主人不拦也不问他去哪,凭他哼着蒙古族小调消失在夜色里。

第二天早起的人,看见赤那睡在树林里,睡在苞谷地里,或者睡在羊圈马厩的门房里,也都不惊奇,就跟赤那本来就应该睡在那里一样。

路上讨饭的乞丐,还有一只碗,一个铺盖卷,白天端着碗讨饭,晚上摊开铺盖卷睡觉。赤那连个铺盖卷也没有,没有被子、没有褥子、没有枕头。

夏天,赤那把马毡子当铺盖,马鞍子做枕头,被子是天上的云朵和星星。

天寒地冻的冬天,赤那睡在羊圈牛圈马厩的门房里,热腾腾的奶茶喝着,暖烘烘的炉火烤着,厚厚的皮大衣裹着,睡醒了和牧人一起喝酒,也帮牧人喂牛喂马。

在冬天的戈壁滩上,赤那睡在雪屋里,暖和又避风。筑雪屋是技术活儿,不是每个牧羊人都能学会,赤那教给牧羊人一种简单的办法:在避风处烧一堆火,沙土烧热后,把火挪到一边,铺上毛毡,裹上羊皮大衣就能睡得很好,半夜感觉冷了,毛毡和火堆换一下位置就行。

如果赤那在马背上睡着了,就是夏子街的一道风景了。

有人在小广场喊“赤那骑马睡着了”就跟喊“电影队来了”一样管用。吃饭的,端着饭碗出来看;打牌的,拿着牌出来看;井泵挑水的男子,撂下扁担跑来看;剁猪草的主妇,她们手里攥着菜刀来看;就连孔连长也笑嘻嘻地站在俱乐部门前看。

最高兴的是孩子,他们手里拿着木尜尜、铁圈、沙包、玻璃弹、猴皮筋,因为他们正玩着这些游戏,但如果"赤那骑马睡着了",再有趣的游戏也会停下来。孩子们成群结队,乱喊乱叫,跟着马跑,朝马扔石头。

人们玩着一种游戏,赌赤那会不会摔下马!

夏子街人常玩打赌的游戏,赌喜鹊春天生几个蛋,赌老鹰落在谁家的屋顶,赌小猪两个月长几公斤……

赤那骑马睡觉,无论马是慢行、奔跑,还是被人打惊了尥蹶子,都不影响赤那睡觉。

有时,赤那就在马背上喝酒,喝干了的酒瓶,随手丢在地上,借着酒兴打马乱跑,然后就在马背上睡着了,身子随着马走路的频率摇晃。

有时,赤那的身子像钟摆,眼看着歪向左边,歪到快要掉下马,不等人们惊叫,就又坐直了;再一会儿,身子晃到右边,不等掉下马,就又晃到中间。

有时,赤那的身子像棒槌,直棒棒贴在马背上,头挨在马头上。没见绳子把他绑在马背上,也没见糨糊把他粘在马鞍上。赤那晃晃悠悠,鼾声惊飞了麻雀,惊跑了黄狗,连人们哄笑呼喊的声音都盖住了,就是不掉下马背,就跟身子长在马背上一样。

一次,赤那喝得实在多,孩子们跟在马后面丢石块,打急了马,枣红马前尥蹶子后蹬蹄子,撒野般地狂奔,人人都觉得赤那这下完了,不被撂下马背才怪呢。可是马蹄扬起的尘土消失了,马跑累了,安静下来,赤那还睡着呢,他打着酣,对马的狂野、马的狂奔,一点儿都没有察觉。

人们打了许多年赌,赤那一次也没从马上掉下来。明明知道结果,可就是有人赌输。

除了马背,赤那还喜欢在树上睡觉,不管老榆树、沙枣树,还是杨树、柳树,只要有撑得住他重量的树枝,赤那就可以安睡在上面。问他睡在树上有什么感觉,他只是"嘿嘿"一笑。有时,风刮进树林,整棵树都摇晃起来,他的身子也跟着摇晃,好像他是一只毛毛虫,有无数只脚吸附在树干上似的。

我和二高在树林爬树玩,我们兴致勃勃。我爬上一棵甜柳的枝丫,二高站在树下看我。我一扭头,看到一个奇特的鸟巢,黑乎乎、乱糟糟的一大团,我好奇地探身过去。

我惊叫起来,见鬼似的一个闪失跌下树,恰好砸在二高身上,二高做了我的肉垫子,龇牙咧嘴,"哇哇"大叫,推我到一边。我们仰脸看树,那个黑色的鸟巢正是赤那刺毛乱炸的脑袋。

赤那正躺在树杈上睡觉,做着轻悠悠的梦。他仿佛非常享受被绿叶包裹着,享受树的阴凉,听树"哗啦哗啦"地唱歌。听到高兴之处,他也哼哼唧唧唱起小调,那小调非常好听,树上栖息的小鸟本来也在唱歌,听到他的歌声,就不好意思唱了,树下玩耍追逐的孩子,听到他的歌声,也安静下来。

三

我爸说,夏子街开垦初期,赤那曾骑马在夏子街四周游荡,看着人们打井、种树、开荒种田,那时候他还不到二十岁。

而今赤那六十多岁了。

我爸说赤那的名字叫作几日里格赤那,是野狼的意思,夏子街人不习惯叫那么长的名字,都叫赤那。

"赤那,母羊要生了。"

"赤那,老马几天不吃草料了。"

"赤那,孔连长叫你去杀牛。"

赤那来夏子街,先喝上一顿酒,睡上一天两天,就被人们召来唤去了,马牛驴羊的事都找他帮忙,天天帮忙,天天有酒喝。

傍晚,他常常坐在一户人家的八仙桌上和大家一起扯闲话。赤那好像并不习惯坐八仙桌,因此坐姿很奇怪,腰板那么挺直,但背部接近肩的地方却佝偻下去,他就那样端着茶杯,心不在焉地笑着。

我问赤那在夏子街住了多久了?

他说:"狼崽养在狼窝里,赤那生在沙包上,狼崽长大了又生狼崽了,赤那活的时间够长了。"

再问夏子街从前什么样?

他不说夏子街以前什么样,他说解放军打土匪的事,他说:"解放军找我带路。"

赤那常常说,打土匪的时候,他怎样怎样胆大,土匪藏在黑山头的山洞里,洞口架着土枪土炮,他才十二岁,不知道什么叫怕,"狼咬了一块疤,雷劈了一道痕,怕什么?"赤那说。

赤那给解放军带路,一下子就把土匪的老窝端了,他说:"那个热闹。"

再问"怎么热闹了?是不是像电影里的小兵张嘎子?"他又不说了,把酒喝得"滋溜滋溜"响,喝完又自己斟满。

赤那不仅给解放军当向导,还给勘测队当向导。

勘测队来过好几拨儿,一拨儿勘探石油,一拨儿规划草场,还有一拨儿说是测绘地图。

勘测队通常在夏子街住下,白天开着车带着很多很多仪器去戈壁滩,夜里就在帐篷里写写画画。

勘测队的食堂都在俱乐部,炊事员常常挨家挨户收鸡蛋收蔬菜,有时买许多鸡、整头猪打牙祭。

勘测队还请人放电影。

人人欢迎勘测队,主妇在家门口赚到了钱,孩子吃上了罐头、午餐肉和糖果。

勘测队请人帮忙,工费高得离谱,干三天挣到农工一个月的工资,做一个月,下半年就不用去上班了,可以去县城给老婆孩子买新衣服,也可以计划回老家过年看望父母了。

帮忙通常是坐勘测队的汽车去,只有赤那愿意骑马。

一天,我和二高去勘测队的帐篷玩,他们在绘地图,他们说着赤那,说他怎么怎么厉害,两米以上的土包,一米左右的大坑,赤那说得清清楚楚,哪里有沟,哪里有坎,哪有泉水,哪里能避风能扎寨都说得清清楚楚,红柳堆、梭梭林、胡杨林也说得清楚,狼窝、狐狸洞、野兔洞也说得清楚。

还说在一片荒滩,尽是石头,红柳不长,梭梭也不长,只有一些野草,赤那硬说石头下面有泉眼,谁都不相信。赤那搬开一块石头,手指那么粗的泉水流出来了。赤那又说:"这泉眼够50只羊喝水,羊再多就不够了。"勘测队没人相信,赤那就和他们打赌,第二天,赤那要牧人赶50只羊去,牧人是夏子街人,他相信赤那,结果,牧人和赤那赢了。

"这个赤那,戈壁滩有多少老鼠他都能数清楚,你们信不信?"一位叔叔说,其他人都点头称是。我和二高听了很高兴,我们也觉得赤那了不起。

四

麦收之后,大田里的苞谷长到半人高了,向日葵地开满了金黄的花,菜园子里茄子、辣椒、西红柿都下来了,西瓜和甜瓜堆着吃。人们用拳头砸开西瓜,只掏瓜心吃,其他的都丢给鸡鸭猪羊。

人们忙着地里的活儿,忙着挥霍短暂的夏季,忙着储备冬菜。主妇们在阳光下唱歌,她们切呀、穿呀、晒呀,两只手像陀螺一样切呀、穿呀、晒呀……

鲜嫩嫩的黄瓜、豆角、辣椒、茄子晒一天就脱了水分,第二天傍晚晒成了干菜,单等冬天在沸水里脱胎换骨。

我把温度计丢在戈壁滩的石头上,几分钟后,温度计晒爆了,我妈打了我一顿。

没谁能抵御戈壁滩的太阳,大黄狗伸出舌头拼命地喘气,白杨树两周没浇水就耷拉着脑袋。

最炎热的夏天,黄羊也只在夜里吃草,狼也只在夜风吹起时,对着星空长嚎几声。

晚饭要等太阳走进云霞里,晚风吹起来才开始。人们把桌子搬到门口吃饭,我爸走到二高家,看看他家的饭桌,摇摇头;又走到老李叔家,看看他家的锅,也摇摇头。我爸叹着气:"没肉吃! 没肉吃!"

赤那和老李叔喝酒,下酒菜是青辣椒和花生米。我爸看着赤那叹气,赤那放下酒杯骑马走了。在人们惊诧的眼睛里,在我爸得胜般的笑容里,"嗒嗒"的马蹄敲过树林,消失在夜风里了。

谁也不知道赤那要去哪,去干什么,我爸不说,老李叔不问,门口吃饭的人都不管,赤那还没喝醉呢,自会回来。

草丛里的虫子,不间断地在叫。月亮没遮拦地照在门口闲聊的人们身上,人们都不急着回家睡觉,都守着月亮等赤那,没人知道赤那能带回什么,大家都等着。

赤那回来了,马背上搭着一只黄羊,黄羊皮干透了,似一层硬壳,羊肚子里不是内脏,而是满当当的干草,干草也不是普通的羊草,散发着一种说不出的异香。剥开羊皮,清了干草,羊肉是鲜红的软塌塌的,一点儿异味都没有。

问黄羊哪里来？说戈壁滩；又问什么时候打的羊？说春天雪还没化时；再问怎么保存羊肉？说塞上干草坑埋在梭梭红柳底下。再再问就急了，问什么问？吃不吃？

我外婆就赶快接了黄羊去煮，一尝，不咸，不是腌渍的，可这大热天，羊肉一天就臭了，埋进坑里，两天变肥料了，如何从初春放到盛夏？

我外婆想问个明白，却被羊肉堵住了嘴，大家都忙着手抓羊肉吃，外婆也赶快拿一块吃。大家吃完肉，赤那也喝多了。第二天赤那醒了，大家又忘记问这事。

不仅黄羊肉藏在戈壁滩，赤那的东西都藏在戈壁滩。

送赤那一件衣服，不见穿。问他衣服哪去了？说放戈壁滩了。再问放戈壁滩哪了？不怕老鹰发现叼去吗？不怕老鼠打洞拖走吗？说不怕。再问什么就不理人了。赤那下次从戈壁滩回来，衣服又穿在身上了。

还有钱，钱也藏在戈壁滩。

赤那喜欢钱，他常常把五元十元的票子举到眼前，仔仔细细瞧。

赤那给人代牧，给勘测队当向导……多多少少挣到一些钱，而他却是没有家的人，也没处花钱。有人劝他："赤那，钱存银行，有利息。"他就问利息是什么？那人说："就跟绵羊下羊娃子一样。羊娃子是利息。"

赤那看看羊，羊在吃草，又看看手里的五元钱，票子在风里"哗啦啦"响，赤那笑了，他说："钱能下娃子？骗傻子吗？"

赤那身上从来不带钱，有钱就藏戈壁滩，谁也不知道赤那的钱藏哪了，有人跟踪过赤那，想找到他藏钱的地方，可跟踪过赤那的人都说，赤那到了戈壁滩就来无影去无踪。

如果哪天赤那心情好，酒喝得高兴，而主人家的孩子又可爱，又肯听赤那的话，让翻跟头就翻跟头，赤那就说："你等着。"他骑马去了戈壁滩，一两个小时后回来，抖出几张一块、两块的钞票给孩子："买糖去！"

那时，一毛钱能买十颗水果糖，一块钱对于孩子来说就是巨款了。

五

赤那走路也跟骑马一样，两腿往外撇，摇摇摆摆像鸭子，那些树桩、石头、土块、茅草什么的，他总有办法避过去，好像不是他向前走，而是那些东西从他的两脚间流淌过去一样。他站在那里，从不像孔连长，孔连长当过兵，站得像白杨树一样笔直，赤那佝偻着背，两腿岔得老开，黄狗以为是狗洞，从他胯下钻过去了。

可他一骑上马，就神气了，他一骑上马，就是敢打敢冲的勇士了。如果一匹马胆敢跑到他前面，他立即两腿一夹冲上去，不比个高低上下绝不罢休。

夏天的傍晚，人们坐在老胡杨下乘凉，大家说着闲话，说得很热闹，就连柳树上的喜鹊也"喳喳"的，就连蚊子也"嗡嗡"的，只有赤那一声不响地站着。他给马饮水，马喝饱了，他就站在马屁股后面，马自会一下一下甩起马尾巴帮他赶蚊子。

若有人问："赤那，你老婆漂亮吗？""赤那，你儿子会打酱油了吧？"赤那绝对不搭话，问急了，赤那慢慢地摇头："听不懂！不懂！"赤那听不听得懂问题，要看他想不想听懂。人们都说："赤那聪明得很，对他有利的事，他就能听懂。如果他不喜欢，就完全听不懂。"

如果想让赤那打开话匣子，就得问："黑山头泉眼在哪里？""白沙山有几个狼窝，下了几只狼崽子？""老卢家的骡子你带到哪去了？"

那些问题一来，赤那就不说听不懂了，和夏子街大部分汉族人一样，赤那说话带有河南口音。赤那就说黑山头有三个泉眼，东边最大的红柳丛下有一个泉眼,一次能饮100只羊;西边断崖的一个泉眼,泉水有点儿苦,水量又小;北边的那个泉眼出水量最大,但千万别赶着羊去那喝水,北边山洞住着狼……

不仅说得有板有眼,还拿着石子在地上画泉眼的位置,生怕人们不知道一样。

如果说到狼,话就更多了,附近哪里有狼窝,下了几只狼崽子,哪只狼最好不要招惹,更不要走近,哪只狼最厉害,最狡猾……没有不知道的,没有说不清楚的,甚至哪只狼几岁了,头上长着一块白毛还是黑毛,屁股上的伤好没好,他都知道。

可是我们七嘴八舌,都说狼的不是,赤那生气了,他把马鞭甩得"噼噼啪啪",马鞭打在水渠里,水花溅起纷纷扬扬;马鞭打在土地上,尘土飞扬在天地间,我们被呛得直咳嗽,就纷纷跑开了。

夏子街人都知道赤那脾气倔,经常和赤那一起放牧的老李叔说:"赤那,不好惹,他比毛驴子还倔。"

可是老卢叔不信,偏要惹赤那。

老卢叔家养了一头骡子,那骡子膘肥体壮,能撕能咬,非常厉害。按理骡子没有生育能力,不该管马家族传宗接代的事,小母马发情了,自有种马伺候,骡子怎么都不应该从中插一脚。可老卢叔家的骡子偏偏不信这个理,它可不管种马的感受,也不理养马人着急母马怀孕生子,延续马群。骡子凭着彪悍和蛮力咬得种马不敢回马群,它独占了漂亮的小母马。骡子这种公然霸占的行为,首先惹恼了被抢了爱妻的种马,种马接连发动了几次反击,皆因力不从心败退下来。骡子领着马群在牧场吃草,骡子领着马群回马厩休息,俨然一匹称职的头马。

种马"咴儿咴儿"的嘶鸣声令养马人头疼,他也拿彪悍的骡子没有办法,赶又赶不走,套马绳也套不上,即使套上也没那么大的气力拴住骡子,制服骡子。

养马人请赤那帮忙,夏子街人那些驴马牛羊的难事,总请赤那帮忙。

赤那带话给老卢叔:"赶快把骡子牵走,如果不牵,今晚把骡子送到魔鬼城去。"老卢叔虽然不信,但还是放心不下,他围着马群转了一圈又一圈,他看着骡子膘肥的体格,油亮的毛色,还细细检查了骡子的牙口,他自言自语:"这牙口,钢丝绳也能嚼断,赤那又能怎么样?"

他甚至觉得自家的骡子天生就该是领导者,是马群中的大将军,至于骡子不能生育,会影响马群的繁衍,这不关他的事。

老卢叔唱着小曲走了,在小广场,老卢叔碰到阿宝,阿宝说:"老卢,你趁早把骡子带回来,赤那说到做到。"老卢叔瞥了一眼阿宝,心想:"你还懂骡马的事?"在自家门前,老卢叔见到老马,老马是特意来支持老卢叔的,他最愿意看热闹了,他觉得现在是看赤那笑话的时候,老卢叔家的骡子能是好对付的吗?

老卢叔得到老马的支持,对自家的骡子更加自信了,他请老马喝酒,他们唱着小曲喝酒,他们轻蔑地撇嘴:"哼!看你赤那怎么把骡子带到魔鬼城去。"

第二天,老卢叔酒还没醒,儿子急火火摇醒他:"爸,咱家的骡子不见了!"

老卢叔急忙跑去马群,马群一片和谐安详,种马欢实地跟在小母马后面,小母马温情地回应着种马的爱情。

没有骡子,没有赤那,夜里没有听到骡子的反抗声,没有听到赤那的马蹄声。

人们都聚集在小广场上说话,有人说赤那打死了骡子,连夜用车运走了;有人说赤那套住了骡子,还绑了它的嘴,把骡子拽走了;还有人说赤那给骡子下了迷魂药,骡子迷迷糊糊跟赤那走了……

阿宝说:"赤那懂马语,赤那对骡子说了一通话,骡子自愿跟赤那跑了。"

阿宝的话得到许多人的赞同,他们都看到过赤那跟马说话。老李叔的马惊了,谁都套不上,赤那也不套,他就走到惊马跟前,一边做手势一边和惊马说话,那马慢慢安静下来,乖乖地吃他手中的苞谷豆。

母马跟着野马跑了,人人都说母马丢了,不可能回来了,赤那出去两天,不仅带回母马,野马也一起回来了,给夏子街增加了财产。为此,孔连长还大大奖励了赤那。

人们想到这些,就都确信赤那说到做到,他把骡子送到魔鬼城喂狼去了。人们就一起劝老卢叔:"去魔鬼城看看吧,说不定魔鬼还没吸干骡子的血,说不定狼还没吃完骡子的肉。"

魔鬼城距离夏子街100多公里,去过魔鬼城的人都说那里有多么多么可怕的喊声。

有人说:"那声音比狼嚎还可怕100倍呢,是100多只狼一起叫的那种声音。"

我没有去过魔鬼城,我从没去过100公里以外的地方,但我看着老卢叔和老马骑上马,要去魔鬼城找骡子,我很为他们担心。

六

秋天的戈壁滩,天总是晴朗朗的。黄了红了紫了的灌木和野花野草在滩上飘送着秋天缤纷的香气。

远处的山反映着朝霞的彩色,山坡上的羊群、牛群就像小黑点儿似的,在云霞里爬走。

人们又在小广场看到赤那在马上摇摇晃晃了。

赤那喝完酒依然在马背上摇晃，依然去树林睡觉，去羊圈睡觉，每天睡觉的地方依然不一样。

十一月底，秋风吹过去了，白杨树上只剩下零落的树叶，依然没有下雪的迹象，但男人们已经决定进山打野猪了。往年这样的狩猎活动要到下雪后才进行。下雪，一方面能保证狩猎者得到充足的水，另一方面能使猎得的野味稳妥运回来。

打野猪要翻过几道山，越过几道梁，中间还要经过十几公里的沙漠，路途极其辛苦，骑马要走五六天。

而这一年，男人们有点儿迫不及待，因为有赤那参加，不怕迷路也不怕打不到猎物。男人们想象着山里肥硕的野猪，想象着自家锅里飘出野猪肉的香味。他们按照赤那的要求，带足够用十天的干粮和水，又另备两匹马驮备用的粮食和水。

赤那和老李叔带着几个青壮年出发了，两位老将老当益壮，狩猎经验丰富，小伙子们个个身强力壮，勇往直前，也愿意听从指挥。当两头野猪、四只黄羊和十几只野兔稳妥妥驮在马匹上时，赤那宣布返程。赤那还宣布了一条返程纪律："所有的粮食和水集中保管，每天统一发放。"

依然没有下雪，出来十几天，粮食和水所剩不多，而返程要翻过几道山，越过几道岭，还要经过几十公里的沙漠无人区，没有河流，也没有山泉，粮食不够可以烧烤野味，水是最宝贵的资源。

刮着风，漫天的沙石黄土，狩猎队策马而行，他们身上穿着羊皮袄，戴着护耳羊皮帽，风"呼呼"地啸着，赤那摇晃着身子嗓音沙哑地唱着歌："喝咧咧……"老李叔在心里咒骂着该死的不下雪的初冬，年轻人何牛却心情畅快。何牛20岁，这是他第一次参加狩猎，打野猪的新奇让他心潮澎湃，他打起呼哨，扬起马鞭，马几乎是在腾飞了。马前蹄踏进松软不知深浅的戈壁鼠的洞穴，一声长嘶，栽倒在地，又挣扎踢踏着爬起，嘶叫着撒腿狂奔。

马拖着何牛狂奔,何牛的左脚卡在马镫子里,如果不是他两手抓牢马缰绳,惊马就把他拖死了。

马冲向一丛红柳,何牛眼快手疾,他抓住了一棵红柳枝,惊马趔趄了一下,他的左脚从马镫子里挣脱出来。

惊马跑了,何牛摔倒在地上,鲜血从嘴里喷涌而出,迎面而来的红柳枝撕烂了他的嘴,还好没有更深地扎入他的喉。大伙儿赶到时,何牛正躺在地上打滚,鲜血染红了身下的沙地。

人们迅速围拢过去,赤那从口袋里掏出一把叶子,快快地嚼快快地敷在何牛嘴上。一边敷着还一边打趣:"你小子命大,要不是我在山上顺手拔了些草,现在拿什么给你止血呀。"

到了傍晚,何牛的双唇肿成了桃子,此时人们突然意识到,水没了,水在何牛的马上,而马跑了。

还有至少四天的路程,没有河流,没有泉水,马背上的人们盼望着下雪,可初冬的风冷冷地吹,天上一大团墨色的云团,一会儿就被风吹散了。

赤那教大家自救,抓戈壁老鼠、四脚蛇,喝它们的血;拔野草,嚼它们的根茎;喝马尿和自己的尿。一个身体健康的人运用这些方法总能熬过三四天,可何牛不行,他的嘴唇开始化脓,需要食物和水。

赤那牵来骆驼,他激怒骆驼,让骆驼把口水喷到何牛脸上,他口含马尿,用芦苇管吹进何牛嘴里,把嚼烂的馕用芦苇管吹进何牛的嘴里。他快马加鞭,把何牛带回了夏子街。

打猎队回到夏子街的第二天,就下雪了,而且是暴风雪。人们守着火炉,吃着香喷喷的野猪肉,说着闲话,有的说:"雪早下几天就好了,就不用喝马尿了。"有的说:"有马尿喝就不错了,没有赤那,命都没了。"

新年前后,暴风雪不分昼夜地席卷着大地。人们踏着没过小腿的积雪去戈壁滩套野兔、夹黄羊,渴了就抓一把雪放在嘴里嚼,人们已忘记初冬时节,如何盼望着第一场雪的到来。

何牛出院了,他随父亲去感谢赤那,他们径自走去树林,树林里搭建了一个蒙古包,是何牛的父亲主持搭建的,几乎全夏子街的男人都去帮忙了。

赤那搬家那天,特意放了一挂鞭炮,他朝前来祝贺的人们拱手,却说不出什么,就给人们鞠了一个躬。人们也都哄笑还礼,好像赤那是新到的客人一样。

那天,赤那少见地没喝多,没醉得不省人事,他先是在屋子里四下张望,尔后爬上板凳,对着墙上的几张报纸嘟嘟囔囔,好像他认识报纸上的字似的。他跳下板凳,又跑去研究床上的新被子,那是一床崭新的绸缎被子,被面闪闪发亮,几条金龙在被面上吞云吐雾,赤那伸手想去摸那被子,刚触到被面又缩回了手,好像经他一摸金龙就会飞走似的。

我和二高趴在窗户上看,我不明白赤那为什么怕被子,我只在新娘子的床上看到过这种被子。"赤那要结婚吗?"我问二高。

二高说:"才不是,被子是何牛妈妈送的,赤那救了何牛的命。"

七

我十四岁离开夏子街,那是一个冬天的早晨,我蹚着积雪,一直走到赤那那座安静的蒙古包前。我拍门,然后侧耳聆听,蒙古包里安静极了,没有一点儿声响,我再拍门时,门轻轻地开了,我没看到人,火塘也没有火,只有铺在地上挂在墙上的兽皮闪烁着微弱的光。

我怯怯地叫了一声赤那。

赤那不在家,他去戈壁滩找牛了,夏子街习惯了赤那的到来,也习惯了赤那的消失,他来或者走,不和任何人打招呼。

我站在蒙古包外等赤那,我想一会儿赤那就会骑着马回来吧。

四野静悄悄的,树下的雪地,只有我自己留下的一串脚印。

横斜在蒙古包旁的大树枝上,蹲着两只乌鸦,它们的眼睛骨碌碌地转动着,莫测高深地看着我。

我说:"我找赤那。"

它们并排蹲在那里,一言不发。

我说:"看见赤那了吗?"

它们伸开翅膀"呱呱"叫了两声。

乌鸦唤来了风,风吹动着树上的积雪,纷纷飞起的雪粒被阳光照得透亮,我望望蒙古包,又冷又空的样子,包顶上有一块地方,被厚厚的积雪压得塌陷下去了。

我没等到赤那,只得走了。

许多年之后,我写长篇散文《戈壁中的大院》,回夏子街生活了一阵子。二高也时常回来,讲述我离开后,夏子街发生的一些故事。相处中,我发现二高实在是一位很有趣的男子,他对大戈壁有超乎常人的热爱,他在戈壁牧羊8年,他观察戈壁中一棵草一朵花的生长,他跟踪戈壁动物,对戈壁动物的习性如数家珍。

二高说:"我师傅是赤那。"于是我央求二高带我去见赤那。

和我当年离开时一样,赤那不在家,一位满头银发的老人说:"赤那去戈壁滩放牛了。"

我问:"赤那多大年龄还放牛?"那人便吃惊地望着我,反问道:"赤那多大了?"然后又自言自语,一百岁了吧?没有一百岁也有九十岁了。过了一会儿,那人又补充:"唉!人有点儿痴呆,不怎么认人了,但只要是去戈壁滩，就什么都知道了，就清醒了。"

我和二高开着越野车去戈壁滩。

我们看到一位孤零零的老人走在天地间，他走得极慢，两腿向外罗圈，仿佛不是他在行走，而是那些石子、野花野草在慢慢移动，胡杨树、红柳、梭梭在慢慢移动，就连那云团也飘得极慢，云团飘在老人头顶上方，又飘过他的头顶。

午后的阳光照耀着老人，他拖着长长的身影，半眯着眼睛，脸上没有一点儿表情，只是看到我们追上来，在他身边停下车时，他的嘴角才轻轻地抽动了一下。

赤那完全认不出我们了，他的眼睛看着天空，而他的耳朵差不多关闭起来了，就像一只猎犬准备睡觉了，那支棱着的耳朵就会软软地垂下去。

二高大声问："赤那，你做什么？"

赤那的眼睛眯得更厉害了，他细细的眼缝里透出一丝疑惑，一副没弄清楚状况的样子。

二高声音更大了，他问："赤那，认识我吗？"

这下，赤那听见了，仿佛是巨大的雷声惊醒了他，把他从某种幽暗的地方召唤回来了。

赤那说："今年雨水少，草不好，我来看看草场，看能不能把牛赶到这里来。"

二高说："赤那，你老糊涂了？这里是别人的草场，你的牛不能到这里吃草。"

赤那已经忘记草场分包到户的事，或者他的思想还停留在几十年前。

二高说："赤那，上车吧，我送你回去。"

赤那却不糊涂了，他说："你看见我的马了吗？我的红马拴在胡杨下，你去把我的马放了，我在这里打个呼哨，马就来了。"

我们开车找到红马,放开缰绳。我们听到远远的一声呼哨。

红马循着哨声飞奔而去,鬃毛飞扬,草场、天空的颜色正在变得幽暗,红马"咴儿咴儿"地嘶鸣起来。

扫码直看
☑ 拓展视野
☑ 新疆风光
☑ 文创周边
☑ 书香新疆

第九章　娜佳和她的儿女们

一

"娜佳,太阳出来了。"

雨后初霁的午后,女孩的声音含着蜜,甜丝丝脆生生的。女孩推开窗户,招呼屋内的娜佳。娜佳走到阳光下,她唱着歌,轻轻拍打着襁褓中熟睡的孩子,风吹动着她金色的头发,像麦浪翻滚。

"娜佳,我饿了。"

"娜佳,书包破了。"

"娜佳,哥哥又跟人打架。"

是吃晚饭的时间了,小鸟归巢了。娜佳的金发女孩和金发男孩从学校、从树林、从田野回来了,他们喊着娜佳的名字,围着娜佳逗小弟弟玩,那婴儿的笑容比太阳的光辉还灿烂呢。

老胡杨下,听到娜佳唱歌和孩子们笑声的人们都笑了,一个说:"嘿,这个女人真能生,有五六个了吧?"

另一个纠正:"五个,五个长得都像妈,一个也没随孔连长。"

第三个说:"没随孔连长就对了,那个黄毛女人,漂亮!"说话间,那人加重了语气,"漂亮"两个字是从牙缝挤出来的。

"娜佳,回家去!"男子跛着脚,手杖"咚咚"地敲着地面,从背影看,男人腰板挺直,还是蛮高大的。男子沙哑的声音,从广场那头传过来,打碎了阳光下短暂的欢愉。只一会儿工夫,"叽叽喳喳"的声音就散开了,10岁的孔红去择菜,8岁的孔明搬柴火,6岁的孔丽端着一盆水歪歪斜斜走进门。一开始出门看太阳的小女孩还留在门外,她叫孔佳,4岁了,她的工作是照看柳条篮子里一会儿哭一会儿笑的小弟弟孔亮。

男子并不急着回家,他的手杖敲过广场,迎面走来的人双手捧着笑呢。他们说:"孔连长,下班了?""孔连长,吃过了?"男子也笑着回答:"下班了。""还没吃呢。"然后,他站在柳树下开始跟人聊天,夏子街儿百号农工,总有几个人在这个时间向孔连长请示汇报,大家都知道,孔连长这会儿心情好,孔连长也喜欢听人夸他的女人和孩子们。

五个孩子像五朵花儿开放,什么花呢?向日葵、金菊、蒲公英,总之得开金色的花朵。五个孩子和他们的妈妈娜佳一样,有着金色的头发、蓝色的眼睛和峭壁一般高耸的鼻梁。

男人们没有不羡慕孔连长的,不仅天上掉下个仙女当老婆,生的孩子还个个像花一样漂亮。

二

十多年前的一个麦收时节，风吹拂着金色的麦浪。收割机在麦田里隆隆作响，它把麦粒吐到拖拉机上，又将麦草垛成了山。一名农场职工赶着牛车拉麦草，巨大的铁叉扬起麦草，"哐当"一声，铁叉落在地上，麦草四散飞扬。

麦草下酣睡着一个女人，不，那可不是女人，那是妖精，谁见过皮肤像云一样白，头发像麦草一样黄的女人？这名农工老家在甘肃，他坐火车又坐汽车来到新疆兵团农场，也见过一些世面，可他没有见过顶着麦草一样头发的人。

农工望着熟睡的女子，回忆起刚到新疆那会儿，在戈壁滩遇到过一只黄羊，那只黄羊的眼睛清澄明亮，体态轻盈矫健，皮毛在阳光下熠熠生辉，晃得他睁不开眼。他本来是去戈壁滩寻找野生动物的，却眼睁睁看着那美丽的精灵跑得无影无踪。

"黄羊精！"农工脱口而出。说完又急忙用手掩口。但已经来不及了，他的声音乘着夏收季节的风，从一个麦垛跳到另一个麦垛，落到了水渠，又搭载上欢腾的浪花传向四面八方。人们迅速围拢到麦草垛，收割机停止了轰鸣，牛车马车停靠在地头，爱凑热闹的麻雀拍拍翅膀来了，它们一群一群落在麦草垛上。

那是一个清晨，初升的太阳金子一般闪耀，黄发女子酣睡着，女神般的安详，她的头发跟麦草一样散乱，脸上全是灰尘，蓝花布衫的肩头有一个破洞，白皙的臂膀若隐若现。

没有人说话，人们本是赶来瞧热闹的，却都不作声，只顾瞧着，好像是害怕惊扰了"黄羊精"的晨梦。麦垛上的麻雀觉得安静，"叽叽喳喳"吵得厉害,有人向它们丢一块土坷垃,它们就"哄"一声飞走了,在另一堆麦垛重新落脚。

过了一会儿,女子慢慢睁开了眼,刚睁开的眼睛清澄明亮,好像一对蓝宝石坠入海洋。人群中有一些骚动,就像风吹过麦浪一样,一伏一起又平静下来。农工低声嘀咕:"黄羊精!"另一个声音说:"不对,是狐狸精。"这个声音稍大一点儿。两个人的对话引起了一阵哄笑,随即又安静下来。

女子看见围着她的人群——居高临下俯瞰她的人群,立即跳起来,又尽力向麦草垛内倚靠,身体缩成一团,那惊惧的眼神真像一只任人宰割的黄羊。

麦草垛的"黄羊精"引起了人们极大的兴趣,每个人的脑海里都落下几只扑棱着翅膀的麻雀——"黄羊精"从哪里来?为什么来?她是和我们一样的人类吗?她叫什么名字?

"在看什么?"一个声音惊雷一般,女子明显地受惊,身子哆嗦了一下。

人们自动让出一条通道,孔连长走到女子面前。

孔连长是夏子街的最高领导,他瞪圆了眼睛,先是诧异,然后神情变来变去很难让人捕捉到,就连最善于察言观色的敲钟人阿宝也弄不清孔连长有什么想法。

于是,阿宝代替孔连长发问了:"你是谁?从哪里来?干什么来了?"女子的脸上流露出羞怯的表情,薄薄的嘴唇翕动了一下,却没有发出一点儿声音。

阿宝又问:"你总得告诉我们一个名字吧?"

孔连长说:"你没瞧见人家不会说话吗?"孔连长这句话轻得连根麦秆都没惊动,连麻雀都没有听到。

人群中就发出了一阵哄笑。有人说,谁听过孔连长这么温柔说话?该不是看上人家了。有人说,嘿,孔连长还没媳妇呢,老天爷就送来了一个。接着又是一阵笑声，就在这些笑声里，响起一个温婉动听的声音："我叫娜佳，我是俄罗斯族。"

从此，这个来历不明的俄罗斯族姑娘娜佳就在夏子街住下来，她的金头发白皮肤到哪儿都能引起一阵轰动，引来一些话题。起初，人们还想弄清楚娜佳从哪里来？为什么来？怎么没人来找她？可是除了"我叫娜佳，我是俄罗斯族"之外，娜佳再没跟谁说过一句完整的话，她总是瞪着亮晶晶的蓝眼睛，努力盯着人们询问的嘴唇，好像要弄明白他们在说什么，终究无法明白之后，她的眼睛就去看天上的白云，去看正好飞过的一只麻雀。然后，她就笑了，那是一种没有任何内容的笑，像无意中经过的风，人们伸出手想抓住点儿什么，却什么也没有抓住。于是，人们断定，娜佳是个傻子，一个漂亮的傻姑娘。

又一个麦收季节刚结束，孔连长请照相馆的人来拍相片，一张是孔连长和娜佳的合影，贴在大红结婚证上。另一张是娜佳抱着婴儿，他们三个站在小树林前，笑得非常甜蜜。孔连长把这张全家福寄给了远在山东的父母。全家福里，孔连长站得笔直，他的胸口挂着一排军功章，其中一枚是抗美援朝得来的。孔连长揽着娜佳，娜佳比他的肩膀还要矮一点儿呢。娜佳的眼睛既没有看着前方，也没有环顾四周，她正抬着眼望着天空呢。孔连长的父亲写信回来说，儿媳妇怎么看都不像普通人家的孩子，太漂亮，头昂得太高，看着可不像只比儿子小20岁，要儿子看紧点儿。孔连长看完信笑了，没有把父亲的话讲给娜佳听。

三

我记事比较早，差不多五六岁的时候，孔佳在门口喊我"春儿，树林"或者"春儿，拔兔子草"，我应声就跑去了。

我和孔佳在树林拾柴火，一个黄头发，一个黑头发，我们把干柴火拢成一堆，就在树荫下摘野花，我摘一朵黄花，插在她金色的头发上；她摘一朵红花，插在我的黑头发上。我们满头黄花红花，被风追着跑出树林时，手里一根柴火棍也没有。

　　我和孔佳在草丛捉蛐蛐儿，一个塌鼻梁，一个高鼻子，我们用水灌蛐蛐儿洞，十几只蛐蛐儿"呼呼啦啦"逃跑，我们满手是泥，奋力捉蛐蛐儿，我一抬手，胳膊肘撞上孔佳的高鼻梁，孔佳捂着鼻子，泥弄得满脸花，我笑得直不起腰。我说："你呀！像花猫。"孔佳抓起泥往我脸上抹。然后，两只"小花猫"一起捉蛐蛐儿。

　　我和孔佳在水渠捉泥鳅，一个小眼睛，一个大眼睛，水平如镜，照着我俩的脸。我用树枝在水里划拉一下，大眼睛在水波里荡漾，小眼睛也在水波里荡漾。

　　我和孔佳在一起玩儿，常听人们说："嘿！多漂亮的小姑娘！"却没有一个人是望着我说的。

　　起先，我一点儿也不觉得孔佳与我有什么不同，我们吃同样的食物，啃苞谷棒、喝苞谷面糊糊、嚼苞谷面发糕，一天三顿吃苞谷。那阵子，吃个白面馒头当过年呢。吃腻了苞谷，我们跑去菜地摘黄瓜、跑去树林摘沙枣，跑去戈壁滩找野葡萄、野石榴，凡是能吃的东西都放进嘴里嚼。我们都还没有上学，可以整天去树林玩，我们都捡哥姐的旧衣裳穿，袖口上一个补丁，裤腿上也一个补丁，有时候是两个三个补丁。我们连口音都是一样的，说一口河南腔，我们管我叫"哦"，叫弟弟用平声发音再降一调，听起来像"低低"。

　　一天，我和孔佳在水池蹚水玩，一位说天津话的阿姨在旁边洗布鞋。阿姨用刷子刷布鞋上的泥，抬眼看孔佳一眼，又看孔佳一眼，然后说："嘿！这孩子，跟洋娃娃一样。"我们就问什么是洋娃娃，阿姨说是玩偶，我们又问什么是玩偶,阿姨瞥了我们一眼又低头刷布鞋,她好像不屑和我们讲话似的。我们就跑去找娜佳。我们什么都可以问娜佳,因为娜佳和我们一样什么都不知道。比方说,我们问:"风从哪里来?"娜佳说:"从白云来,从树梢上来。"如果我们说:"你瞎说。"娜佳就一脸无辜。又笑着说:"你看云在飘,树梢在跳舞!"再比如,我们问:"天上的星星为什么会眨眼?"娜佳说:"星星想家了。"再问星星为什么想家,娜佳就不说话了,她眼睛里有泪珠闪动。我们喜欢找出各种各样的问题去问娜佳,我们觉得娜佳笑也好看,哭也好看。

孔佳管自己的妈妈叫娜佳,就好像娜佳是她的姐姐一样,我们也都跟着叫娜佳,我们觉得娜佳没有一点儿做妈妈的样子。

我们的妈妈大多是兵团农工,和男人一起下地干活儿。她们在太阳下晒得黝黑,早上扛着铁锹、坎土曼下地干活儿,傍晚背着柴火、猪草回家,还要忙着喂猪喂鸡;她们的手因为农活儿变得很粗糙,夜里很晚都不睡,在灯下大声说家常,却手脚不停地纳鞋底、打毛衣、踏缝纫机;她们几乎不识字,平常也不管孩子的学习,但如果孩子敢从学校提几盏红灯笼回家,就又哭又喊凶悍地追着孩子打。

娜佳的皮肤没有被太阳晒得黝黑发亮,她的手指不是粗糙得需要刷子才能洗干净。她扛不动坎土曼,抬不动煤,她出去打猪草,半个下午,自行车后面只有小小的一捆。

重活儿苦活儿,娜佳通通干不成。可是,娜佳的手灵巧呢,娜佳能把缝纫机踩得飞快,娜佳做的衣服又精致又合身,娜佳做的鞋子又结实又软和。孔连长不在家的时候,其他人的妈妈也愿意帮娜佳干重活儿,因为她们身上穿的家里用的,总有一件出自娜佳之手呢。

孔连长不让娜佳下地干活儿,他愿意看着娜佳做手工,他也不像我爸和连队里的其他男人一样,每天晚上凑在一起吹牛喝酒打牌。孔连长包揽了家里大部分的粗活儿,孔红也能帮一把手了,大家都说:"娜佳有福呢。"娜佳听到这些总是会冲着人笑。她笑的时候,手里的针线还不停呢。于是,大家又说:"孔连长有福呢。"

我最喜欢到孔佳家玩,她家的馍馍筐从来不挂在孩子够不着的地方,她家能吃到一毛钱七块的黑糖。

还有,孔佳家非常整洁,虽然也是土墙土地,但墙刷得雪白,地也总被娜佳扫得干干净净。门窗家具都涂着天空的蓝色,是娜佳喜欢的。被子、桌子,还有台式钟表上都搭着洁白的钩花线巾,是娜佳亲手钩的。钩花线巾上的喜鹊很可爱,它站在树枝上,嘴里含着一枚野果;小狗很可爱,是那种毛茸茸的小白狗,它刚从花丛中跑出来;小猫很可爱,它们三四只在一起玩皮球。所有的动物都可爱,我却不明白,娜佳是怎么钩出来的,难道那些喜鹊、小狗、小猫,它们都住在娜佳的心里? 娜佳钩线巾的时候,我和孔佳在旁边看,一团白线和一根银针在娜佳手上翻转,像舞蹈演员在白云上跳舞。

在大人面前,娜佳不爱说话,但对着我们小孩子却有说有笑,娜佳当自己是小孩子呢。

娜佳讲故事,一般是在夜深人静,孩子们要睡觉的时候。有几次,我从后窗爬进去,挤在她家的高低床上,那是学校淘汰的铁床,坐在上面轻轻一摇就"嘎吱嘎吱"响。娜佳讲故事绘声绘色,讲《想吃羊的乌鸦》,她学着乌鸦从高空俯冲下来,吓得我们缩成一团;讲《狼与鹤》,她粗着嗓门学老狼说话。对了,娜佳和我们孩子一样,说话河南腔。一次,我问娜佳:"你的家乡话怎么说?"娜佳就不说话了,她看着我,眼睛瞪得大大的,一下子眼泪就掉下来了。每次有人问娜佳的家乡事,娜佳就这个模样,不说话也不理人,好像傻子一样。她好像忘记了自己的家乡。

娜佳的身世在夏子街是传说,也是谜。

四

我和孔佳找到娜佳的时候,她正坐在门口钩线巾,孔佳的小弟弟孔亮趴在地上玩玻璃球。小家伙在地上挖一个小圆洞,聚精会神地把一颗玻璃球弹进洞,再眯着眼睛把另一只玻璃球弹到远处,然后又去追玻璃球。孔亮满头满脸都是泥,跟泥猴一样。

"娜佳,什么是玩偶?"我们问,这次娜佳没有说奇怪的话,娜佳抓起线团,三下两下缠绕成一个线团小人,说:"这就是玩偶。"

我看了很失望,阿姨说孔佳是玩偶,孔佳怎么是一个线团小人呢?

秋天,白杨树的叶子黄了,路旁的狗尾巴草干倒了,傍晚的天空,南飞的大雁一会儿排成人字形,一会儿排成一字形,它们在晚霞中越飞越远。

我和孔佳在公路上追着大雁跑,我们想看看大雁晚上降落在哪里。这样的追逐游戏我们玩过许多次,一次也没追上过大雁。

追不上大雁,就盼望能来一辆汽车,我们更喜欢追着汽车跑,车轮扬起漫天尘土,我们追着尘土跑。然后,汽车绝尘而去,灰头土脸的我们望着远方。

我们很想知道那条土路通向哪里,为什么看不到尽头?

这天,远远开来一辆小汽车。小汽车停下了,一位漂亮的阿姨径自走向孔佳,阿姨说:"嘿,谁家的孩子? 像个洋娃娃!"阿姨拿出许多糖,丢给我两颗,其余全给了孔佳,孔佳双手捧不下,就塞进口袋里。阿姨说:"想坐汽车吗?"孔佳说:"想!"我抢着说:"阿姨,我也想坐汽车。"阿姨说:"等你长漂亮了,再坐汽车。"我眼看着孔佳坐进汽车,从车窗内冲我挥手,冲我咧嘴笑,豁豁牙露老大。

汽车掉转车头，从来路跑了。我追着汽车跑，满头尘土也不管，鞋子丢了也不管。我光着脚跑，我大喊："孔佳，孔佳，我也要坐汽车！"

　　我站在路中间，呸呸地往外吐土。阿姨说，等我长漂亮了，再坐汽车，难道只有漂亮了才能坐汽车？我愤愤不平。

　　我跑去水边照镜子，我看到一个又黑又瘦，面孔扁平，眼睛极小，头发乱蓬蓬的女孩，"啪嗒嗒"，一串泪水搅乱了水面的平静，我第一次为自己"不漂亮"流泪。然后，泪就止不住了，一直流了好些日子，一直流到了冬天下雪。

　　我的眼泪一直流到了冬天，是因为孔佳坐上汽车走了，再也没回来。

　　我被孔佳爸爸问话，被娜佳问话，被一些戴着大盖帽的叔叔问话，被我爸我妈我外婆问话，被每一个见到我的人问话。每个人的表情都不同，孔佳爸爸吼叫着问，他逼视着我，好像要吃了我，我被吓哭了。我爸我妈也不像我亲爸亲妈了，他们没完没了地向孔佳爸爸道歉，恨不得拿我换回孔佳，可是，他们也不想想，我这么丑，人家还不要呢。后来，我发现哭是保护自己的最好武器，我就不停地哭。

　　只有我外婆对我好，我外婆护着我，她说："别吓着孩子，小孩子能知道啥？"还有娜佳，娜佳哭得比我还要厉害，她抱着我，泪水把我的头发都打湿了，说话也哽哽咽咽，断断续续，我忍不住替娜佳擦眼泪。我看到，泪水从娜佳的长睫毛下涌出，像瀑布溪流山涧一样丰盈。我真想把孔佳变回来还给娜佳，可是我去哪里变孔佳回来呢？

　　有人问得仔细，有人问得含糊。问题都差不多，"孔佳哪去了？""抱走孔佳的女人长什么样？""看清司机的样子了吗？""汽车是什么颜色？什么牌子？"我努力回忆，再回忆，能想起来的细节都说了，人们还是不满意，我就只好接着哭。

　　后来，我哭够了，不想哭了，但为了不让人问问题，也还在哭。再后来，人们不问我了，让我一个人想，我没什么可想的，就总是一个人待着。

慢慢地，天就下起了雪，我外婆又把棉衣絮厚了，给我穿上。我最不喜欢穿厚棉衣了。以前，我总和孔佳在雪里蹦跳，像兔子一样，一跳一身汗，厚棉衣根本穿不住。现在，我像一只刚从树洞里爬出来的小狗熊，懒懒地趴在窗台上，望着窗外天地一片的白，牛牛叫打雪仗也不去，二高叫滑冰也不去。

我妈生气了，她推我出门，又丢给我一把小铁铲，我妈说："铲不完那堆雪，不准回来。"我就去铲雪，一只麻雀在雪堆上跳，又一只麻雀在树梢上叫，麻雀的羽毛是黄金的，是太阳的颜色。我抬眼一看，呵，太阳出来了。

看到太阳，看到阳光下跳跃的麻雀，看到雪在阳光下闪闪发光，我突然就高兴了，我想去看看娜佳。我很长时间没见到娜佳了。

正是太阳下落的时候，外面，阳光格外的金黄明亮，屋子里却很晦暗，里屋没有开灯，却被一束幽暗的光芒照亮了。这光芒来自娜佳苍白的脸庞，来自娜佳手中跳动的银钩针和穿梭不停的白线圈。

孔红说，好几天，娜佳都躲在房间里，爸爸喊也不听，孔亮喊也不听，娜佳不停地钩线巾。

又过了几天，娜佳钩了一条桌布那么大的线巾，她把雪白的线巾洗净，两头用夹子夹上，挂在晒衣绳上，来来往往的人就说："是孔佳呀，雪一样的孔佳。"

"雪一样的孔佳"白天挂出来，夜里又收回去，好像一张寻人启事。它和大多数油墨印毛笔写的雪片一般的寻人启事一样，没带回孔佳的一点儿消息。我站在"雪一样的孔佳"下面，孔佳在雪里飘着，我在风里冻着，绵密无声的雪花在轻盈飞舞，我又有点儿想哭了。

当春节到来，家家户户包饺子、贴春联的时候，娜佳家也响起了"咣咣咣"剁饺子馅的声音，孔连长也在大门口贴上了春联。孔佳线巾没在晒衣绳上了,它既没在雪里飘,也没被挂在墙上,或者搭在被子上。线巾去哪了,谁也不问,谁也不打听,就是看不见娜佳拿钩针了,也没谁觉得奇怪。有一次,孔红故意把钩针和线团放在娜佳面前,娜佳看了一眼,就移开了目光,好像再也不想看到那些东西似的。渐渐地,娜佳也好像把孔佳忘了,就好像忘记自己从哪里来,父母是谁一样。娜佳该做饭做饭、该洗衣洗衣,什么都不干的时候,娜佳的眼睛就爱追着孔亮看,孔亮3岁了,是个漂亮的小伙子。孔亮喜欢唱歌,唱《我爱北京天安门》时把胖嘟嘟的胳膊伸向天空,像是迎接初升的太阳。孔亮一唱歌,娜佳就笑了,笑声明朗清脆。

五

又过了三年,孔亮也背上了书包。金发男孩在任何地方都是焦点,何况他嗓音清脆,像春天的黄鹂在歌唱。

孔亮在六一儿童节的舞台上唱歌,孔连长在舞台下欢喜得不得了,嘴都闭不上了。

有人说:"孔连长的小公子要当歌唱家啦,等着享清福吧。"

孔连长乐呵呵地点头,并不答话。舞台下人多,每个人都奉承两句,他让得意写在脸上。

娜佳也笑嘻嘻的,她梳着麻花辫,额前一缕金发弯曲成美丽的弧线。

他们的家是快乐的,丈夫能干,妻子贤惠,两男两女四个花一般的少年,两个初中,两个小学,最小的孔亮是一枚金子。

人人都觉得娜佳命好呢,这个美丽的俄罗斯族女人,尽管她连自己是谁、从哪里来都没弄明白,尽管她失去了一个漂亮女儿,那也不影响她今后有好日子过。

事情往往就是这样的,你看见有一盏灯在面前,你心情平静,微笑着看着光亮,以为它就在那里,它为你点燃,永不熄灭。它也像对你保证过似的,愿意伴你一生。可是,突然,一阵风吹来,又一阵雨打过,那灯就熄灭了,那光亮就没了,事前没一点儿征兆,你连准备的时间都没有,眼前就一片黑暗了。

娜佳也没感觉到一点儿征兆,甚至她不知道突然熄灭的灯是哪一盏。

那天,娜佳带着孔红在戈壁滩打柴火,她们推着平板车,车上装满了梭梭柴。

风"呼呼"地吹着,风中包含着秋天大戈壁芬芳的味道,满目红黄色的戈壁植被,在阳光下显得鲜艳而明亮。

最先找到娜佳的是老李叔,戈壁滩太大,老李叔骑着枣红大马跑了很多地方才找到娜佳。老李叔说:"快,孔连长出事了,快上马!"

娜佳坐上马,马飞奔而起时,娜佳冲孔红喊:"把柴拉回去!别丢了车。"

娜佳喊着,一低头,她看到一丛红艳的红柳花,秋天哪来的红柳花?娜佳一惊,忽然间,那红艳幻化成了血,娜佳揉揉眼睛,血又消失了,秋风在娜佳耳边"呼呼"地吹着。

我又一次看到娜佳哭,她穿着黑衣裳,整片麻布裹身,头发和脸全裹在麻布里面。粗麻绳系在她纤细的腰上,她站在山坡新茸的坟冢前,显得那么瘦小,好像一阵风就能把她托起来似的,好像一根线能把她拽跑了似的。

前些年,我们连队也死过一个男人,送葬的时候,他家的女人哭得很厉害,她走过的地方,麻雀都不敢站在树枝上。我听见有人夸那女人,具体说什么记不清了,反正是贤惠能干,对男人好之类的好话。当时,我就想,哭声大才代表好呢。就像孔红他们,他们的哭声比唢呐的声音还要大，那个吹送葬曲的男人使劲地鼓动腮帮子，才能把他们的哭声压下一点点。他们多难过呀，他们多热爱自己的父亲呀，但是父亲没了，天塌下来了，他们怎么办呢？

可是娜佳没有哭天抢地，没有歇斯底里，也没有哭得瘫倒在地，她的哭声是"嘤嘤"的，比蚊子的声音大不了多少，如果不是站在她跟前，基本就听不见哭声。一会儿，连"嘤嘤"的哭声都没有了。她更像一个木偶，被人牵着拽着，让她鞠躬就鞠躬，让她跪下就跪下，让她扶棺就扶棺，让她上车就上车，让她铲土就铲土，没有一丝的反抗，也没有任何带有感情色彩的表示。

娜佳安静地站在丈夫坟前，她的四个孩子跪着，哭得很大声。娜佳低着头，两只手轮换着抹眼泪，好像泪总也抹不净似的，有人递给娜佳一块手帕，那手帕立即就湿了，就能拧出水来了。

我又想起了溪流山涧的瀑布和瀑布源头那蓝色的深潭。

人群中有明显的不满的声音。有人说："瞧她，一点儿都不伤心，孔连长白疼她了。"

有人说："没心肝的女人，上次女儿丢了也没见她多难过。"

有人说："她连自己是谁，从哪里来都没弄明白，还能指望她什么呢？"

后来，最初在麦垛发现娜佳的农工也看不过去了，他说："孔连长是好人哪，走了连个哭的人都没有。"四个孩子哭得那么伤心，他却没听到没看到，在他眼里，娜佳不哭，就不算有人哭他的孔连长了。想到这里，老农工自己伤心了，他大声哭了起来。

我妈听不下去了。我妈走到老农工面前，踢他一脚，说："你哭什么？"又走到娜佳跟前，说："娜佳，你就大声哭两声，让他们听听。"可娜佳还是没出声，她头垂得更低了，她把眼泪滴到了我妈的衣襟上，尽管穿着暖和厚实的衣服，我妈也感受到了眼泪的湿度和明显的凉意。

我妈就冲大家摆摆手,让大伙儿先下山,留下几个妇女陪着娜佳和她的孩子们。

孔连长牺牲的时候,我爸也在现场。

兵团人在戈壁垦荒造田,兴修水库是第一位的。夏子街的水库修建于1960年,是土石方坝基。那年春灌时节,人们发现水库西侧的坡面有一个漏水点。秋天水库水位到了一年中的最低点,孔连长带领夏子街的青壮年加修水库。

人们先开闸放水,再用水泥浇灌塞住漏水点。我爸说,当时,施工面仅高过水面十公分,为保持施工面不被水浸,孔连长指挥人盯着出水口。

半下午的时候,人们齐心协力浇灌水泥,突然发现水位渐高,眼看要淹没施工面。有人高喊:"小船,小船堵住出水口,快把小船拖走!"我爸一看,一条小船慢慢飘向出水口,水面正在升高。水泥刚刚浇灌下去,如果浸水,之前的施工前功尽弃。

"推开小船!快推开小船!"堤坝上乱哄哄的,却只听见人喊,不见有人下水。人们都知道,深秋时节,水库里的水透骨奇寒,这时候跳进水里,必是凶多吉少。我爸说他当时只想把小船推开,刚刚浇灌的水泥就能保住,水库就能按时修好,他一点儿没想当英雄。我爸脱去衣服跳入水中时,发现有人在他之前跳进水中了。我爸一看是孔连长,就跟着孔连长向前游去。他们一前一后游近出水口,奋力推开小船。出水口畅通,工地安全了。

我爸爬上岸后,全身颤抖得无法形容。他上牙打下牙,"咚咚"作响,人也站立不稳,被人扶起来,灌了一点儿酒。我爸穿上棉衣,坐在堤坝上打战。这时候,我爸听见有人喊:"天哪,孔连长?天哪,孔连长还没上来!"我爸一个激灵,挣扎着站起来,看见小船旁飘着一个人……

孔连长下葬后，乌鸦叫了好几天。从前，树林里也有乌鸦，它们在黄昏或黎明的时候才飞过，"呱呱"叫几声就完事了。但这些天，乌鸦好像一大片黑云似的从远处来了，遮天蔽日地，它们吵着叫着，停在树枝上，站在电线上，一连叫了好几天。

我外婆说："那是孔连长的魂在叫呢，他不放心娜佳和四个孩子。"

六

我们那里的孩子都喜欢放风筝，风筝面用报纸糊，骨架用芨芨草做，后面跟两个长长的纸飘带。戈壁滩风大，开阔地特别多，我们就放开脚步跑呀跑，把风筝放到白云上面去，放到太阳的高度。可是，如果风筝正欢唱着，突然吹来一阵恶风，飘来一片黑云，再下一场狂雨。那恶风猛雨扯破了风筝的羽翼，折断了风筝的筋骨，又卷走了风筝的残骸。放风筝的人呢？自然先遮风挡雨。风平雨住后，才会想到风筝，但是风筝早就不见了，人们惋惜片刻就做事去了，人们总有更重要的事做，比寻找风筝残骸重要许多。

孔连长的死，对娜佳来说，就像一阵恶风、一场猛雨，人们都以为，娜佳没办法了，一个女人带着四个孩子，最大的孔红15岁，最小的孔亮6岁。虽然差不多懂事了，都中用了，但半大小子，吃死老子呢，蒸两笼苞谷面发糕，转眼就没了影；煮一大锅面条，"呼噜"两下就底朝天了。

供应的口粮根本不够吃，高价粮又买不起。孩子们就经常饿着肚子。又要过年包饺子了，娜佳家的面粉袋子却见了底，如果不是慰问团下来，孩子们连顿饺子都吃不上。

娜佳看着底朝天的盘子，她奇怪极了，她想："老孔在的时候怎么有粮食吃呢?"想着,娜佳又哭了。

人们都挺关心娜佳,他们替娜佳想办法。

老农工说:"孔红甭读书了,去基建队挑浆盖房子,也能挣俩饭钱。"

我妈说:"娜佳还年轻呢,再找个男人,替她养孩子,再生两三个。"在我妈眼里,娜佳就只会生孩子呢。

有人叫娜佳去山东找孔连长的父母,说不定孔连长还有兄弟姐妹,能帮着点儿。可娜佳没去过山东,孔家也没有人来新疆,奔丧也没来人。

这时候,有人来找娜佳,他说:"我老家有个亲戚,条件好,却不能生,孔亮6岁了,虽然大了点儿,养养也能成,钱你说个数吧。"

对于好心人,娜佳不说行,也不说不行。她平静着,有时为表示感谢也微笑一下。唯独对那个想带走孔亮的人,娜佳翻了脸,她拿起擀面杖把那人赶出家门。那人就四处说:"不识抬举呀,不知好歹呀,那个黄毛,肩不能扛,手不能抬,能养活四个孩子? 要不是看在死去的孔连长面上,才不管她的闲事呢,再说,我那是把孔亮给好人家呀,从此,孔亮就天天吃白米饭,还能吃到巧克力! 巧克力,你们知道吧?"

于是,那些放风筝的人,那些好看热闹的人都说娜佳不识抬举,不知好歹,她这么做,是耽误孔亮的前程,多漂亮的孩子,多明亮的嗓音,去大城市,有好前程呢。

娜佳耽误了孔亮的前程,却押解着孔红、孔明重新回到学校。孔红骑着自行车上学,车把一拐去工地挑浆搬砖,干了一个星期,娜佳知道了,她跑去工地打孔红,巴掌还没抬起,自己就哭得不行了,孔红也跟着哭。眼看着天就下雨了,母女俩在雨中抱在一起哭,工地上的人看着心酸,就说:"你们回家去吧,工地的活儿,不该女人干。"后来,孔红跟着娜佳回学校,娜佳说:"考不上大学,就别认我这个妈。"

13岁的孔明,个子长到了1.6米,是大小伙子了,他自作主张去运输队当修理工,运输队长念旧情,愿意照顾孔明,让他先学修车,大一点儿再学开车。娜佳也不答应,她每天送孔明上学。

只有孔丽、孔亮最乖,他们老老实实地去学校。放学后,他们四处拾酒瓶,一个酒瓶能卖一毛钱。很快,他家屋后就有一座酒瓶山。

可酒瓶能卖几个钱? 抚恤金还能管多久呢?

我妈为娜佳的生计操心,教她多养鸡,鸡蛋可以卖钱;教她种菜,菜种好了也能挣钱。我们这里常有人来收菜收蛋。可后来,连我妈都觉得这些办法不行,娜佳肩不能扛,手不能抬,重活儿累活儿都不是长久之计。我妈就说:"还是别让孔红读书了,女孩读书图个啥? 让她回家帮衬着点儿吧?"

娜佳转身走了,留给我妈一个后背,说什么都行,就是不能说让孩子退学的事。

"可怎么办呢?"我妈看着娜佳的背影叹气。

可娜佳自己,并不像旁观者眼中那样绝望,她好像没有听到人们在她的背后叹息的声音,就像她不知道自己从哪里来一样,她也不知道绝望是怎么回事。

看着四个孩子,娜佳反而镇定下来。这个身世神秘的女人,从未说起过她的家乡、她的父母。她对丈夫和孩子也没说起过。她生得美丽,却很少照镜子,她对每件事都没有自己的看法,她从不费神对任何事情做评价,更不做无谓的推理和争论,就连伤心哭泣都只流泪不出声。她听从丈夫,为他生养孩子,人们看到她的微笑,却很少听到她的声音。

现在,却有四个孩子看着她、指望着她,她镇定下来,她看着门前的那棵白杨树,白杨树有一抱粗了,那是她生孔红时,孔连长栽下的。每年春天,她都会在白杨树下种几棵喇叭花,夏初,绿色的藤蔓缠绕着白杨树,就有红的粉的黄的喇叭花在白杨树的绿叶间开放。从前,丈夫是树,她是藤蔓,她不需要抛头露面,不需要有主见,她只需要依附缠绕着丈夫就是了,缠绕着攀附着就能轻轻松松地活到老。

突然间,她自己要做树了,尽管措手不及,但她是一定要生根的,她要长得牢牢的,她要一年比一年结实,她要担负起风雨,为孩子撑起一片晴空。她不管自己有没有这份能力,也不管旁人怎么看她、议论她,她觉得自己应该这样做。

于是,她照常过她的日子,该做饭做饭,该洗衣洗衣。早晨她为四个孩子做早餐,目送他们上学。孔红、孔明骑自行车去六七公里外的中学,他们书包里有两个馍馍和几根咸菜,那是他们的午餐。孔丽、孔亮就在附近读小学,中餐回家吃。然后,她去自留地种菜浇水,去树林拾柴,去打猪草喂猪喂鸡。晚上,伴着孩子读书,她把缝纫机踏得飞快,娜佳给邻居们做衣裳,补贴家用。

孩子们也安静下来,没谁再提辍学的事。

人们路过她的家,听到她家里传出了一阵笑声。母子五人吃着最简单的饭食。最初的冬天,他们餐桌上只有苞谷面糊糊、苞谷面发糕、菜坛子里的腌菜和戈壁滩上的野菜。春天来了,他们吃着自家菜园子里长出的青菜,新发的苜蓿,还有榆钱团子。麦收季节,娜佳领着四个孩子拾麦穗,磨了好几袋子白面,他们就有白面馒头吃了。鸡窝里养着鸡,猪圈里有猪,羊圈里还圈着几只绵羊,男孩子又去戈壁滩抓呱呱鸡、套野兔回来,锅里就有了荤腥。

无论吃什么,他们的脸上都有笑容呢。

七

春天是最可爱的使者,她绽开笑颜,播撒幸福。白杨树又一次发出新芽的时候,"雪一样的孔佳"线巾重新挂到晒衣绳上,孔佳失踪后,人们都避免在娜佳面前提孔佳,娜佳也好像忘记了这个美丽的女孩,就像她忘记自己的家乡一样。孔佳像雾一样蒸腾,然后消散了。现在,她又以雪的颜色出现,她来帮她的母亲、她的手足。同样,娜佳心里也还存有一丝希望,孔佳能找回来,孔佳记得回家的路呢。

孔佳线巾很快被人买去,买家是一个路人,他远远看着一朵白云飘在白杨树的绿荫下,他走近,那朵云就飘进了他心里,他觉得买给妻子做礼物刚刚好。

卖线巾的时候娜佳还有些不舍,但考虑到价钱不错,她还是卖了。

过几天,那人又来了,他说妻子非常喜欢,他们的朋友也想买几条。

娜佳重新拿起了钩针,一团白线和一根银针在娜佳的手上翻转,像舞蹈演员在白云上跳舞。

孔红正在高考冲刺,娜佳伴着孔红学习,有时候,孔红熬不住睡一觉醒来,娜佳的手指还在云端跳舞,孔红望着娜佳不知说什么好。

那人再来的时候,拿到了好几条线巾,有喜鹊报喜、白梅盛开的台布,有小猫小狗图案的沙发巾,也有"雪一样的孔佳"挂饰,女儿的模样在母亲心里,娜佳勾勒的孔佳惟妙惟肖。

那人嘴里发出"啧啧"的赞叹声,然后,他拿出一纸合同让娜佳签。那人说:"我要把这些艺术品卖到千家万户。"

又是一个秋天,娜佳带着孔明、孔丽、孔亮来到孔连长的坟头,娜佳让孔亮读孔红的家信,孔亮的声音依然金子般闪亮,孔亮读道:"娜佳,我会好好学习,毕业后就回去当老师,一辈子陪着你。"

娜佳在口袋里摸索,她掏出一条线巾,是她连夜赶钩的"雪一样的孔佳",娜佳双手展开线巾,她手微微颤抖,孔佳在风中飘。

娜佳的身世,我30多年之后才终于弄清楚。

成长为一名作家之后，我重回夏子街，看望白发的老人，探寻当年的故事。我在夏子街的一家餐厅见到了孔亮。他是餐厅的老板，听说我打听他母亲的身世，就兴致盎然地说开了：

"我妈其实就是塔城的俄罗斯族，我外婆外公都在裕民县的山里放羊。有一天，我妈独自放羊，来了三只狼，把羊咬死了好多只。我妈怕被外公外婆骂，更怕赔不起公家的羊，就偷偷爬上运羊的车，混在羊群里来到了夏子街。

"我妈后来对我讲，当年，她也一度想告诉大家我外公外婆的名字，又怕被送回塔城，她还是赔不起那些羊。后来，关于她身世的传说越来越离奇，她就不想说了。我妈说，她最怕大家说我外婆是俄罗斯贵族后裔，那个年代，这非常可怕，还好，我爸爸是连长，又是复员军人，保护了我妈。"

我问孔亮还记不记得他的姐姐孔佳，孔亮说："我妈临走时还交代我们，一定要找到孔佳。我们也四处打听，一直没有消息。对了，我妈钩的孔佳线巾，我家还存着一幅呢，晚一点儿我拿给你看。还有，我女儿非常像孔佳……"

孔亮向我展示孔佳线巾的时候，一个背书包的七八岁的小姑娘蹦蹦跳跳跑进来，大喊着饿了，向爸爸要吃的。

恍惚间，我看见洋娃娃一样的孔佳跑到我跟前。

第十章 草原恋歌

一

钟大夫，我爸让我写一个故事来纪念你。

钟大夫，在夏子街时，你是传奇，离开后，你成了传说。

钟大夫，你救过一只鹰的命，看着它重返蓝天；你拔去了一头狼脚上的刺，当你等着葬身狼腹时，狼却放过了你，狼向着天空发出一声长嚎，你在这声长嚎中重生。

钟大夫，我牙牙学语时就叫你钟大夫，夏子街人都叫你钟大夫，而你在苏州某个带着后花园的老房子去世时，夏子街人只有我爸在你身旁。

钟大夫，我爸参加完你的葬礼就病倒了，他躺在重庆的医院里,从太阳照进病房的那一刻开始输液,直到太阳的光辉从窗口溜走。我爸望着液体一滴一滴地流进身体,望着阳光一寸一寸从窗口消逝,他的身体也一点儿一点儿地变轻,他飞起来了,重回年轻时光,重回夏子街,那年轻的故事、夏子街的故事就都"呼呼啦啦"地涌出来了,就像打开栅栏门,羊群撒着欢儿跑出羊圈一样;就像苹果熟透了,等不及采摘,一个个从枝头落入泥土一样。

我爸向护士要了纸和笔,他要把你、把夏子街的故事写下来。我爸在纸上写下一行字,抬起头看看快要溜走的阳光,准备接着写时,发现羊群跑远了,那熟透的苹果,红苹果、黄苹果、青苹果,它们在空中旋转,转着转着就变成了模糊的一片。于是,我爸把脸贴在病房的玻璃门上往外看,病房外是狭长的巷道,那里通常只有微弱的灯光,日落时分更显得神秘而幽深,我爸盼着我的到来,盼着我欢腾的脚步响起,在我爸看来,他的三丫头举着羊鞭,能帮他管理羊群;他的三丫头提着柳筐,会挑选最大最甜的苹果给他品尝。

我爸把十几张黑白相片摊在病床上,开始讲故事,讲你们一起劳动、一起打鱼、一起挨冻,一起修大渠、盖房子、种菜,又一起差点儿死在戈壁滩上的故事。

钟大夫,我在黑白相片里看到你,你留着小平头,穿着皱巴巴的中山装,脸上的笑容是我熟悉的。我一眼就认出了你,是我记忆中你的模样,你从卫生所出来,踏着夕阳回家时,就是这么笑着;你送给我一本小人书教我认字时,就是这么笑着;你要离开夏子街,到我家告别时,也是这么笑着。

钟大夫,在黑白相片里我还看到许多熟悉的脸,青春洋溢的脸,生机勃勃的脸和饱经风霜的脸。曾经,我爸带着这些相片去了北京、上海、山东、湖南等地的一些城市和乡村,还有你所在的苏州。去的时候,我爸带着相机,我爸想重新收集这些脸,做一本集子留给夏子街的下一代,我爸想告诉我们和我们的孩子,告诉我们,你们是怎样在戈壁滩的夏子街劳动生活的,你们是怎么开荒种地的。可是我爸没能完成心愿,相片里的许多人已经老去了,在苏州,你不让我爸拍照,却要求我爸留下来,和你一起追忆夏子街,追忆你们一起的年轻时光。

钟大夫,我爸说你有许多画稿,画着同一个姑娘,一个美丽的蒙古族姑娘。姑娘骑着马在草原上奔驰,姑娘仰着脸对着天空微笑,姑娘在阳光下跳舞,姑娘站在山顶,风吹动着她的头发,整个人就要飞起来了一样……钟大夫,我没能看到那些画稿,我爸说,你临终前把画稿烧了;我爸说,那些画稿伴了你一生,也要和你一起上天堂。

钟大夫,我爸要我写一个故事来纪念你,我爸把那么多羊放出了羊圈让我去数,我爸栽种的苹果都熟透了,让我去摘,可我迟迟没有动笔,我要在电脑里敲下一篇篇文字、填一堆堆报表,换取我的衣食;我要在厨房里变出一盘盘饭菜,养育我的孩子;我还有一些聚会要参加,一些朋友要拜访,还要去一些美丽的地方看一看。

而当我终于再次走进夏子街时,我站在夏子街飘满果香的苹果园,我想起了我爸的要求,我向年轻的果农说出了我爸的名字,说出了钟大夫你的名字,果农从没听说过你们;我走到夏子街的街上,这是一条真正的街道,两旁是林立的高楼和漂亮的花园别墅。街道上的汽车呼啸着来来去去,好像跑得比时间还快。在从前我家的位置上,我找到一家漂亮的酒店,四层楼,宝蓝色的玻璃墙在阳光下闪着晶莹的光。我走进酒店,见到看门人,他知道我爸、知道你和你们的故事,看门人带我去见他的父亲——一个坐着轮椅头脑清醒的老人。老人说:"我记得,那姑娘叫乌云噶,那是我见过的最漂亮的姑娘。"

然后,我回到现在生活的城市,我用电脑写下你的名字,我开始写你的故事,你在夏子街的故事,你和蒙古族姑娘乌云噶的爱情故事。

二

夏收季节的夏子街阳光灿烂明亮,充满了欢声笑语。

金色的麦田铺展在明亮的阳光下,波浪一样起伏。收割机在麦田里唱着欢乐的歌,它张开满是巨齿的大嘴,一丛丛麦子便齐刷刷地被割倒,麦粒金子一样"哗啦啦"流进拖拉机车斗,几个农工跟在收割机后面,挥舞着铁叉收拾麦秆,他们把麦秆垛成一个一个整齐的麦垛。麦垛四围,鸟群起起落落,尖尖的长嘴里叼着散落的麦穗。

老刘叔把白面馒头送到地头,也给我爸捎来一个消息,他说:"晚上有个欢迎会,食堂炖着黄羊肉。"

那些年,欢迎会可不是新鲜事,夏子街成立初期,一年怎么也得开十几次欢迎会,欢迎上海知青、欢迎山东复员军人、欢迎上级派来的工作组,最热闹的是欢迎谁谁从老家接来的媳妇,如果这个媳妇又带着几个姑娘一起来,那欢迎会开得就更热闹了,谁让夏子街的光棍跟戈壁滩跑的黄羊一样多呢?

这天,夏子街人没能欢迎到头戴军帽的军人,更没欢迎到梳着油黑麻花辫的姑娘。一个男人站在众人面前,不,确切地说是一个大男孩,不到二十岁的样子,白净的脸,瘦得像电线杆,一阵风就能吹走的样子。

男孩站在人群里,不看人不微笑也不自我介绍,有人给他一碗黄羊肉,他也不道谢,端起就吃。吃完又待在那里,不看人不微笑也不说话。

"哼!一看就没吃过多少苦,不中用的书生。"有人从鼻孔出着粗气。

"哼!还瞧不起人哩!没关系,夏子街锻炼人,过两天就知道求人了。"有人断定。

"是哩!冬天就知道求人了!"更多的人附和,好像夏子街的冬天多

夏子街传 | 185

么可怕似的。

后来,人们从孔连长的介绍中得知来人叫钟泽诚,上海某医学院的高才生,响应毛主席的号召,自愿来新疆建设兵团。孔连长说:"以后,夏子街就有大夫了,有个头疼脑热的也不怕了,大伙儿就叫他钟大夫吧!"

孔连长的声音很快被闹哄哄的人群淹没了,新来的钟大夫并没给大伙儿留下多少好印象,谁能相信一个嘴上无毛的大男孩的医术呢?谁生病了敢坐在这个目中无人的男孩面前,吃他给的一片白药片呢?

尽管不相信,好奇还是让人们将目光投向新来的大夫,关于他的身世更是传得沸沸扬扬。一种说法与他的父亲有关,新中国成立前,他的父亲去了台湾,从此没有音信。他考上上海医学院,写了一篇想念父亲的文章,被人举报,他与举报人打架,犯了错误,跑来新疆。另一种说法是生活困难时,他用一支笔画出各种票证,特别是饭票,画得真假难辨,他每次都要在食堂打两份饭,直到被食堂大师傅发现并向校方报告,校方立即通知了公安局,他在警察到达之前逃跑了。

钟大夫呢?对此既不申辩也不解释,他站在沙枣树的树荫下,透过斑驳的树影望向天空,他听到了百灵的叫声,听到了太平鸟和小麻雀的叫声,听到啄木鸟敲打树干发出"笃笃笃"的声音。突然,鸟群从沙枣树上惊飞起来,它们在天空里盘旋一阵,尖叫着落到地面上来,落在年轻的钟大夫肩上。然后,一抖翅膀,飞到远处去了,四野里一片安静。

这时,人们才发现,秋天来了,黝黑的、金黄的、灰白的沙枣果实累累缀满树枝,在阳光下闪烁着成熟饱满的光芒。人们又发现,夏子街人开始相信这个脸色苍白的小大夫,也愿意走进那沙枣树环抱的小卫生所,不仅受伤时去缠一圈纱布,感冒时去讨一片白药片,有人干活儿时胳膊脱臼了,他也能接上,有人睡觉时脖子落枕了,他也愿意给校正。最让夏子街人刮目相看的是,冯家媳妇要生了,来不及去团部医院或者公社医院分娩,他就在家里给接生了。这让夏子街人很高兴,夏子街正迎接着第一波生育高峰呢,夏子街的人口在一天一天增长,夏子街会越来越好呢。

钟大夫口碑越来越好,沙枣树林中的卫生所兼宿舍渐渐有了客人。人们喜欢卫生所的清凉和整洁,也喜欢闻卫生所消毒水的味道。没有病人时,卫生所的主人就画画,铅笔削尖在纸上轻轻一点一画又一勾,一只太平鸟跃然纸上,然后是一群飞翔的鸟雀,一群奔跑的黄羊……

人们喜欢看着钟大夫画画,特别是年轻的大姑娘小媳妇,没事就想去卫生所坐一坐,她们说要去沾沾文化的味道。笨手笨脚的男人们不放心,也涌进卫生所,看见一沓沓画稿,看见年轻的钟大夫对他们心中的女神不卑不亢、全无邪念、礼貌有加的样子,他们开始相信钟大夫画饭票,一顿打两份饭的传说是真的。

一天,钟大夫画了一只狼,迈着大步走在雪原的狼,人们看了都摇头,有人问:"你见过狼吗?"钟大夫摇头。又有人问:"你见过夏子街的雪吗?"钟大夫又摇头。

"没经历过夏子街的冬天,就不算是夏子街人。没有看到过狼,怎么能画出狼的凶残、险恶和狡诈呢?"

钟大夫在夏子街等待冬天。

三

冬天来了,天空总是灰蒙蒙的,雪下得没完没了,有时是细细的雪粒;有时,犹如天空突然塌陷一般,雪花铺天盖地飘落下来。人们头天夜里呼着寒气踏进家门,脚上还带着泥土的芳香,第二天却怎么也推不开门了,房门被积雪堵住了。

终于走出家门,呵,地上的东西都消失了,挺直的白杨树,曲折遒劲的沙枣树，低矮的平房，如果不仔细分辨，很难发现大雪之下有一个正在建设中的连队，有一群血在燃烧的年轻人。

人们脚上穿着毡筒，在雪地里"咯吱咯吱"地走，嘴边的呼吸，遇到严寒好像冒着烟；头发、眉毛上都结着白霜，直愣愣地乱伸乱展，跟戈壁滩冻僵的茅草似的。身上的棉衣是统一配发的，只有灰色和黑色两种颜色。坚硬的红柳枝、梭梭柴、铃铛刺很快挂破了棉衣，灰白的棉花一团一团露在外面，就跟黑色、灰色的古树上开满小白花似的；又像蜡梅花撒开了脚丫子，跑到新疆大戈壁滩，顶着严寒开放了。

零下三四十摄氏度的严寒，夏子街人却不能猫冬，他们要在开春之前开垦几百亩可耕地。这些土地要和春天一起苏醒，被人们播撒麦种，四月长出绿油油的麦苗，六月七月就能看到金黄的麦浪翻滚了。

戈壁滩到处都是梭梭柴、红柳、铃铛刺之类的灌木，红柳枝有碗口那么粗，一丛连着一丛，相当稠密。

开荒首先要砍去这些灌木，挖出它们深埋在地底下的根。冻成铁板的土地挖动艰难，青年男子猛力挥动十字镐也只能挖下一些碎石，跟牙齿啃在坚冰上似的。

工地距离住地五六公里远，上工前，人们每人一把坎土曼、一根绳子；下班，每人背上一捆柴火。他们早上天不亮就出去，天黑透了才回住地。午饭是送到工地上的，为了防止饭菜冻成冰，送饭的人会在外面加上厚厚的保温层。没有碗，干活儿迈着大步走的铁锹用雪擦擦装菜。馍是冷的，菜是冷的，冷的下肚，在肚里热。

寒冷和暴雪是冬天的使者，它们可不管你是否来自江南，身子骨是否硬朗，也不管你是否出身书香门第，你懂医术会画画也全不管用，冬天是公平的，寒冷是公正的，谁也别想远离它、逃脱它。

钟大夫脚上穿着毡筒，在深深的雪地里"呼哧呼哧"走路。清晨，他跟着同伴一起出工。他被北方雪原的壮美迷惑了,被红柳枝、梭梭枝上挂的白霜、冰凌迷住了,他徜徉在冰树银花的海洋里,大声朗诵着毛主席的《沁园春·雪》:"北国风光,千里冰封,万里雪飘……"他无比兴奋,他真想拿起画笔,将这一切画下来,但零下三十摄氏度的寒天,无论如何不能把手裸露在空气之中,他只好把一幅大好的"北国风光图"印刻在脑海里。他想:"终有一天,我会把这幅画挂在上海医学院的大礼堂。"他多想学校的大礼堂啊,还有宁静的图书馆,热热闹闹的大教室和风华正茂的同学们。

几只黄羊排着队从人们身边跃过,在不远处停下来张望片刻,又向着远方银色的山峦奔去了。钟大夫望着黄羊在雪原消失,久久不能说话。矫健奔跑的黄羊的身姿也印刻在了他将要画成的"北国风光图"中。

这时候,他前方出现一群野兔,二十多只,惊慌失措、瞎头乱窜地狂奔。钟大夫丢下手中的斧头,和所有人一样疯狂地奔跑,扑面的冷风灌进嘴里,灌进胸口,呛得他喘不过气来。厚厚的积雪阻碍了奔跑速度,他一脚踏空,摔进雪坑,他挣扎着就要爬起时,一只昏头昏脑的野兔跟着跳进雪坑,恰好闯进他的怀里,他腾身扑上去,雪飞溅而起,那野兔箭一般蹿了出去,他啃了满嘴雪,坐在雪坑里大笑。

钟大夫兴奋着,听着自己粗重的喘息声,呼叫、奔跑、扑腾,跌倒又爬起,看着野兔绝望地逃窜,心里充满着快感,最后,野兔终于被他扑在身子底下了,他一手抓住野兔的长耳朵,一手掐住野兔瘦骨嶙峋却又十分温暖的身体,他把野兔举过头顶,快乐地笑了。

夏子街人在戈壁滩干活儿,从不空手回住地,每人身上一捆柴是必需的,再能捉几只野兔、套只黄羊、抓只狐狸回来,就更好了。一次,牧人夹到了一只狼,他们把狼五花大绑带回夏子街,立即有人去叫钟大夫来看戈壁滩的狼,以便他再画狼时,能把狼的眼神画出来,能把狼的凶狠画出来。

“天哪!”钟泽诚听到自己叫了一声。

　　天哪,马背上的姑娘多么漂亮。姑娘脸上挂着明媚的笑容,眼睛和额头闪烁着玉石一样的光芒,身体散发出春天花草的芬芳。

　　在这春天的草原上,在一树一树的野杏花间,他被一个牧羊姑娘的美丽击中了。一簇簇粉白的花朵在微风中轻唱,落在上面的阳光摇曳成一束金色的光芒,而马背上的姑娘身上披上了一层特别的光彩,好像一件长着翅膀的衣裳。眼前的场景多像《霓裳羽衣曲》再现:缥缈的月宫,仙乐飘飘,仙女舞姿婆娑……

　　钟泽诚两腿一软,跪在草地上了。草地上生出一些小黄花,他不敢看姑娘,眼睛看着那些细碎的小花朵,又或许是看着两只握在一起的手,脑子里飘着一句“云想衣裳花想容,春风拂槛露华浓”。

　　四处静悄悄的。钟泽诚的心却像骑在马上疾驰,风从耳边“呼呼”吹过时那样“咚咚”地跳动。然而,就在他被姑娘的美丽弄得眩晕,不敢瞧姑娘的当儿,姑娘挥鞭骑马,穿过花丛转过山脚不见了。

　　钟泽诚急急巴巴地放眼寻找姑娘的芳踪,一股小旋风从很远的地方卷了过来,在明亮的阳光下,风把草原上的尘土、草埂都旋到了空中,发出旗帜招展一样的声音,又旋到远处不见了。他心里也仿佛旋起一阵风,“呼呼啦啦”旋进了心房。

　　他的心变得空荡荡的,白天,看着羊群在碧绿的草原上吃草,他的心空荡荡的;晚上,听着风从高高的天上吹过,他的心仍然空空荡荡的。他为一个姑娘睡不着觉,他要去寻找那个姑娘。

　　接下来的五六天,他骑着老马在草原上行走,他一次一次穿过野杏林,他向每一朵盛开的花朵、向每一只飞过的鸟儿、向每一个遇到的牧羊人打听姑娘的芳名,但没有人告诉他,人们笑着说:“草原上美丽的姑娘跟春天盛开的花一样多,你找的是哪一位?”然后,人们又在身后说:“那个汉族小伙在找乌云噶，草原上最美丽的花朵不能让他摘去了。"

这天，他骑马去了更远的地方，走累了，他躺下来，看了一会儿天上来来去去的云彩，又起身往前走。他转过一道山梁，看见一潭湖水在阳光下泛着金光，一些白云停在水天相连的地方，另一些白云落在草原，幻化为一顶顶蒙古包。

他打马向着蒙古包跑去，天上的白云追着马跑，它赶在了老马的前面。不一会儿，白云变成了浓重的灰黑色，风雨跑得更快，他被风吹得摇摇晃晃，他不得不下马，躲在马肚子下避雨。这时，一道闪电划过，他突然看到了什么，突然看到了他说不出来的什么，他大叫着，徒步跑向蒙古包，大雨倾盆而下，他脚下一滑跌倒在泥水里……

雷声渐渐小了，不，不是小了，而是像巨大的轮子"隆隆"地滚到远处去了。他躺在泥地里，发现自己在流泪，他用手去擦眼泪，却又看见手上满是泥，想着自己浑身湿透满脸泥巴的狼狈样，又禁不住笑起来。就在这个时候，他竖起了耳朵，他听到了马蹄敲打地面的声音，他又听到那山喜鹊一样的声音："嘿！你是谁？"

姑娘带他回了蒙古包，交给他一件蒙古长袍。除了皮肤有点儿白，腰身还不够粗壮外，换上长袍的他有点儿像一个蒙古族人了。农场生活已让他健壮了一些，草原阳光是最好的美容师，很快能改变他的肤色。

姑娘看着他微笑，他的心便跳到了嗓子眼儿上，他努力让那颗心平复一些，可它跳得更厉害了。他听不懂蒙古语，但姑娘会说汉语，姑娘充当了他和自己家人的翻译。

高大结实的蒙古族汉子——姑娘的父亲在蒙古包里接待了钟泽诚，健壮能干的蒙古族妇人——姑娘的母亲端上马奶子酒迎接客人，还有姑娘的小弟弟憨憨地笑着，露出两颗可爱的小虎牙。

暴雨之后的天空,晚霞的光芒多么动人、多么明亮。他记住了这一天,月亮升起来了,照着碧草起伏的草原,草原上银子一样的光,映照在他的心上,也照亮了他的爱情。

　　他吻了姑娘。

　　姑娘被这一吻弄傻了,姑娘又问了那句哲理很深的话:"你是谁? 从哪来?"

　　他就开始说他是谁,说家乡的两个兄弟;说教书先生的父亲总是读很厚很厚的书;说母亲做的饭菜多么好吃……一到夏天他就到湖里玩憋气的游戏,沉下去,又浮上来,一次又一次,他能沉到水底好长时间,才探出头来……

　　述说经常被打断,他就停下回答姑娘的问题,为什么江南的雨会一下几天几夜,而草原上的雨总是突然来了,突然又去了。为什么姑娘们出门都不骑马,她们身上穿的丝绸是什么样子? 为什么要读那么多书,书上讲的故事有意思吗?

　　他这才意识到姑娘并不识字,姑娘的汉语是跟草原上的汉族人学的。

　　但她多么美丽、多么聪明呀,他又吻了姑娘。姑娘笑了,是月光一样美丽的笑,美丽又野性,她问:"你会带我去苏州吗?"

　　他说:"会的,我要娶你,带你去见我的父母,我奶奶做的米糕又香又糯。"

　　这天晚上,他睡得很香甜,平常,他总要想好久才能入眠,想家乡想父母想他在夏子街的处境,到了草原,遇到姑娘乌云噶之后,他就总是想着姑娘阳光一样闪闪发亮、神采奕奕的脸,但这一天他什么都没有想。这一段时间,早上醒来,他也总是一下就想到了乌云噶,这天早晨,还来不及想,乌云噶就站到他眼前了。

蒙古包的门帘是敞开的,一股风从外面吹来,带来一股青草的芬芳,他却感到,那青草味是姑娘身上的,姑娘端上的奶茶散发着浓郁的芳香,姑娘口中吹送出来草地上细碎花朵的芬芳。

姑娘的父亲好像猜到了钟泽诚的意图,他客气地下了逐客令。

乌云嘎的坐骑是一匹两三岁的枣红马,乌云嘎叫它萨力,乌云嘎说萨力跑得像风一样快。羊群在山间吃草的时候,钟泽诚的老马总是追逐萨力,像是父亲寻找到失散多年的儿子,一腔的温情和慈爱全部倾注给了萨力。萨力却是不耐烦的,它是匹好马,总想挣脱这份追逐和慈爱,一直冲到旷野中央最高的小山冈才停下。和风送来乌云嘎的笑声,"咯咯,咯咯咯……"早春时节,鹧鸪产蛋前就是这样啼叫的。

乌云嘎站在小山冈笑着、叫着,她的笑声多么欢快啊。

风在天上推动着成堆成团的白云,在地上吹拂着无边的绿草,话语变得无足轻重了,他们谈的许多话,都被风吹走了,在钟大夫心里,连影子都没留下。而姑娘美丽的长发、明亮的眼睛、健康的肤色,在轻风中飞舞着神采,在阳光下闪耀着的身姿,都深深地刻在了钟大夫心里,就像匠人拿着小刻刀将姑娘的模样雕刻在他心里一样。

他们骑马跑了好一段,最后,他们站在了小山冈上,面前,宽旷的草原微微起伏,雄浑地展开,鹰停在很高的天上,平伸着翅膀一动不动。现在,钟泽诚觉得一切都不重要了,唯有爱情之花在夏日的草原上盛大开放。

一个夜晚,月亮在伸手可及的天上闪闪发亮,月亮在潺潺的湖水中微微晃荡,年轻男女不舍得分开,他们不停地说呀说呀,姑娘天生一副好嗓子,她的声音像山喜鹊"叽叽喳喳"报喜,不知什么时候,已经不是钟泽诚揽着姑娘,而是男人被姑娘揽在怀里,热烈地爱抚着,姑娘把他轻轻推倒在地,他看着月亮,觉得月亮好温暖好明亮……

五

时间过得真快,好像谁用鞭子抽打它。秋天来了,牧人们忙着储藏牧草以备牛羊过冬之用,钟泽诚和乌云嘎躺在清风吹拂的草垛上,望着天上的白云,望着大雁排着"人"字形,一队一队从天上飞过,他告诉她自己有多么爱她。

姑娘用一根细小的草秆拨弄钟泽诚的耳朵,说:"来我家提亲的蒙古族小伙不少呢。"沉寂了一会儿,忧愁笼罩了姑娘的脸,她说:"阿爸不会让我嫁给别的民族的人。"

钟泽诚望着云团汹涌的天空,他好像是落在大海的漩涡里了,是呀,他不是蒙古族,还有,他的前程在哪里?他看不到光明的前程是在夏子街,还是遥远的江南?冬天一到,他就得随牧群回夏子街了,乌云嘎愿意跟他一起去吗?他要在夏子街待一辈子吗?即使乌云嘎愿意跟他一起走,他又能给这个美丽的姑娘什么样的生活?

疑问像天上的云团在钟泽诚脑海里翻滚,又要下雨了,他催促乌云嘎快回家,他站在小雨"淅沥"的草原上,看着姑娘骑着萨力快跑的模样,他的心再一次湿润了,就像他身上的衣裳被雨浇透一样。

这些年,坏运气像影子一样地跟着他,有一两次,他清楚地感到这个神秘的东西挨他很近,转过身去跺跺脚,想驱赶它走,可惜,它只像影子,而不像狗,狗可以吓走,影子是吓不走的。

望着姑娘的背影,钟泽诚看到了自己的渺小、自己的无助,也痛恨自己的懦弱,他也无数次想象着自己成为一个勇敢的人,一个顶天立地、敢作敢为、敢爱敢恨的人,一个可以举着利剑和暴风雨搏斗的人,就像《哈姆雷特》中的王子,在磨炼中变得坚强、果断,通过自己的奋斗改变命运。可现实是他当中学老师的父亲已被停职,他跑新疆原是因为害怕,无论是他知识分子的家,还是他自身带的"罪行",他似乎已经看到坏运气的影子正一步一步向他走来,那张"劳动教养"的纸是开路先锋。

他在心里说:"你要坚强。"泪水却从冰冷的脸上潸然而下。

第二天早上,他既动不了,也说不出话了,觉得身上一阵冷一阵热,头疼得快要炸开。他一闭上眼睛,就梦见乌云嘎。一会儿,他梦见乌云嘎抖抖马缰绳随着马队上路了,似乎,她是要去遥远的地方,再也不回来了,他想要喊住她,却怎么也张不开嘴,他奋力拨开人群想要追上去,腿却有千斤重,无论怎样用力也无法向前挪一步。他只能眼睁睁看着马队起程,整个马队的声音他都可以充耳不闻,但乌云嘎的马一迈开步子,马蹄就像踩在他的心尖子上了。又一会儿,他听见许多嘈杂的声音,人喊马嘶,羊群乱哄哄地四处乱跑,他看到了火光,火在半空中仿佛一只狰狞的巨兽张开大嘴要吞食草原,乌云嘎在呼救,她的喊声撕心裂肺,让人揪心,她就要被大火吞噬了。他心急火燎,挣扎着要冲进火海,但他依然动弹不得,他大声呼叫着从梦中惊醒。他从床上坐起身,擦干满头的汗,他不知道自己睡了多久,牧人如雷的鼾声告诉他还是深夜,善良的牧人承担着几乎全部的放牧工作,父亲一般照顾他,放任他的任性。

他依然感觉很虚弱,动弹不得,但他非常口渴,他挣扎着起来,发现蒙古包里没有水,他只好揭开门帘去不远处的湖边找水喝。

月亮渐渐升起来了,一小弯月亮的轻淡光辉笼罩着蒙古包,笼罩在初秋时节慢慢枯黄的野草和渐渐消瘦的湖水之上。远处群山无声伫立,一切仿佛是梦幻,仿佛是神话剧中神秘的后景。钟泽诚望着天空,看见月亮带着预示风暴的巨大晕圈,空气中也带着风雨欲来的那种沉闷,他却在沉闷中闻到了一些呛人的烟火的味道,他意识到在他神志不清的这段时间里有事情发生了。

六

又一个冬天,雪一场接着一场下,下得铺天盖地,村庄、田野、大戈壁和远处的山峦,都被厚厚的积雪覆盖了,天地间白茫茫一片。

早起的人们发现了一行深深的脚印,走过小广场,穿过树林,走向了去县城的路,那里可以搭到车去更远的城市,去更远的老家。

这行脚印是钟大夫留下的,钟大夫在这天早上悄悄离开了夏子街。临近下午的时候,一个孩子走近沙枣林的土坯房,发现房门和窗户都钉上了木板,几只太平鸟在屋檐上跳来跳去,饿了就去啄食沙枣果。

孩子把这个消息传了出来,夏子街人都惊呆了,零下三十摄氏度的天气,大雪几乎阻断了夏子街通向外界的所有道路,十几公里的雪路,如果一天走不到县城,就可能冻死在戈壁,再说这几天还常听到狼饥饿的嚎叫声。

一个老牧人立即骑上了马,他要去戈壁滩寻找那个被痛苦再次击中的年轻人。他就是那个带钟大夫去牧场,对着钟大夫大喊"去把姑娘带回来,带回夏子街去!"的老牧人。

老牧人后悔不该给钟大夫讲乌云噶的事,老牧人后悔:"事情已经过去那么久了,我还提她做什么?"

是呀,已经是一个很遥远的故事了,提她做什么呢?可老牧人憋不住呀。当年,钟大夫在追乌云噶的路上勒住了马缰绳,老牧人很看不起他,认为他不是一个男人,至少不是一个有担当的男人,现在,老牧人觉得钟大夫做得对,如果当年真把乌云噶带回夏子街,那可真害了那姑娘。

这时,距离牧场那场大火已过了三个冬天。从牧场回来不久,钟大夫就被送去劳动教养两年。劳动教养结束后,夏子街人还让钟大夫住以前的沙枣林平房,但卫生所已经搬到了俱乐部,而且有了一位女大夫。钟大夫是戴罪之身,没有资格给农工看病,但人们依然叫他钟大夫,人们生了病就暗地里找钟大夫看,女大夫生了病也暗地里找钟大夫看。

钟大夫坐在火炉边,四野静悄悄的,再仔细听,四处正在传来白天融化了的冰雪重新上冻的细密声响,钟大夫不能入睡,他一闭上眼睛就想起老牧人给他描述的乌云嘎的婚礼。

老牧人说:"多么漂亮的女人,风吹动着她的头发,整个人就像是要飞起来了一样,要是飞到天上去了,也没有人奇怪,她本来就是天上的仙女呀。"

老牧人又说:"这么漂亮的女人,没有做我们夏子街的媳妇,当时真觉得可惜!"说着摇着头走了。

劳动教养的两年,钟泽诚一次又一次地做着那些梦:乌云嘎在火海里喊"救命",喊他的名字;乌云嘎骑着马就要离去了,她频频回头,她脸上的尘土是大火后灰烬的颜色,眼睛里却流露着企盼的光彩;乌云嘎孤独地站在那里,她的身子变得冰凉了,她变成了玉石雕成的人,在月亮下闪闪发光……

"她在等我呀!"这个想法伴随他度过了漫长艰苦的时光。现在,姑娘结婚了,他在新疆无事可做了,是离开的时候了。

临近下午的时候,钟泽诚发现自己偏离了公路,雪无声地从天空中飞坠而下,在他脚下"吱嘎"作响。

他找到一块避风的巨石,躲在下面,他想生一堆火,暖和一下身体,再吃点儿东西,但埋在雪下的毛毛秋太过潮湿,没有煤油辅助难以点燃,他只好就着雪啃了一些干粮,又啃了一大块带冰碴子的黄羊肉。

他仔细看了一下四周,判断天黑之前很难找到人家,他决定顺着自己的脚印往回走,最后却连自己的脚印也找不见了。

雪慢慢停了,云层散开,天空中的星星显露出来,星光与地上的雪光交相辉映,就像弥散着稀薄的月光,一只狗的黑影在月光里望着他,钟泽诚大大地舒了一口气,有狗就有人家,狗能带他走出雪原。他向着黑影走去,越走得近,那黑影越显得体积庞大。钟泽诚在戈壁雪原行走了一整天,脑子像高烧病人一般迷迷糊糊,他根本没想到黑影可能不是一条狗。他不住地感慨:"好大的一条狗,好壮的一条狗,我要跟着它,它能把我带回去。"

"狗"也向着他走来,一瘸一拐,没有一丝一毫犹豫,一步步向他逼近,热乎乎的鼻息几乎喷到他的脸上,这时,钟泽诚才发现,他是跌坐在雪里了,他想支撑起身体,可脚上一点儿力气也没有,他觉得有些不对劲,他说:"嘿!伙计,你怎么长这么大? 你的主人在哪里?"

"狗"咧开嘴来:"嗷——嗷嗷——"钟泽诚突然想笑,因为这声音可不是狗吠,这时,一股浓重的热乎乎的血腥之气扑面而来,在月光的映照下,"狗"的眼睛散发出幽幽的绿光,他打了一个寒战,清醒过来:"狼!"

他奋力支撑起身体,想站起来,又猛地跌坐在雪地里,他几乎是跌落在狼牙之下了,连坐直身体都困难,汗水溢出了额头,立即变成一片冰凉。

人和狼僵持在雪原。

"嗷——"狼咧开嘴,露出白森森的牙齿,"嗷——嗷——"狼又叫了两声,却没有扑过来,把他撕成碎片,而那叫声,不似残暴,似乎也没有杀戮的信息。

钟大夫拖着身体后退两步,"狼"也退开一步,好像是为了让他能看清自己到底是谁。

他倒吸了一口气,说:"你真是一头狼啊?"

狼有些不耐烦了,尾巴向他直拍过来,几乎把他拍倒在地。但他还是不明白狼的意思。他摸着被狼尾拍得生疼的脸，眼光落到狼的瘸腿上，狼的右后脚上扎着一根粗粗的硬刺，血已经凝固了，如果不是在寒冷的冬天，伤口早腐烂了。

钟泽诚问："让我帮你拔刺吗？"

狼低声叫着，把伤脚伸到他面前。他壮着胆子，双手捧起狼脚，他能感觉到他的手在发抖，也能感觉到他的身体在发抖，颤抖的力量让他出了一些虚汗，他感觉更冷了。

刺扎得很深，拔出刺费了他很多力气。然后，他闭上眼睛等死，等狼来撕碎他、吞食他，他甚至感觉到了被撕碎的痛楚，感觉到了死亡的痛楚。不，那不是痛楚，而是快意，他等待着死亡，期待着死亡的到来，他想："至少，我勇敢了一次，在死亡面前。"

然而，他什么也没有等到，狼瘸着腿摇摆着身子走远了，狼爬上一个小山冈，向着雪原发出高亢的长嚎，他被这一声狼嚎镇住了，狼嚎像一把利剑击中了他，力量又回到了他的身体里。钟泽诚从雪堆里爬起来了，他认清北斗星，向着夏子街的方向跟跟跄跄走回去。